হৃদয় ছোঁয়ার গল্প

অমিতাভ ঘোষ

পরম পূজনীয় পিতামহ স্বর্গীয় সৌরেন্দ্রনাথ ঘোষ ও মাতামহ
স্বর্গীয় জগন্নাথ ঘোষ মহাশয়ের

চরণ কমলে প্রথম লেখা বইটি উৎসর্গ করলাম

বিষয়বস্তু

ভূমিকা

এলোমেলো কিছু ভাবনা হঠাৎ করেই লেখা হয়ে ধরা দিতে শুরু করেছে কয়েক মাস হলো। ফেসবুকের বিভিন্ন সাহিত্যিক পরিবারে ইতিমধ্যে কয়েকটি লেখা অনেক সাহিত্য প্রেমী মানুষের কাছে প্রশংসিত হয়েছে।আমাদের চোখের সামনে ঘটে যাওয়া ঘটনা গুলোকে এবারে নিয়ে আসছি গল্পের আকারে।কিছু ঘটনা নিয়েছি নিজের অভিজ্ঞতা থেকে।যখন অভিজ্ঞতা ও কল্পনা মিশে এক হয়ে যায় তখনই সৃষ্টি আসে ডানা মেলে।আমার প্রথম সৃষ্টি তুলে ধরার চেষ্টা করলাম "হৃদয় ছোঁয়ার গল্প" বইটির মাধ্যমে।এই সৃষ্টি যদি বাংলার পাঠককূলকে ছুঁতে পারে আমার পরিশ্রম স্বার্থক হবে।আশা রাখি এই বইটি আপনাদের --- পাঠকদের সমগ্র ভালোবাসা ও প্রশ্রয়ে আশীর্বাদধন্য হয়ে উঠবে।

ধন্যবাদ-----

অমিতাভঘোষ

স্বীকার

আমি আমার কৃতজ্ঞতা জানাই তাদেরকে, যারা এই কাজে আমাকে সব সময় উৎসাহ এবং পরামর্শ দিয়ে আমাকে অনুপ্রাণিত করে তুলেছেন নতুন কিছু সৃষ্টি করতে।

1

শিক্ষার বাইরে

আজ রবিবার। ছুটির দিন, তাই আজ আর অফিসের কোনো তাড়া নেই। আমি প্রতিম ঘোষ। পেশায় একজন প্রাইমারী স্কুলের শিক্ষক। একাই থাকি, নিজেই রান্না করি সারা সপ্তাহে ,কিন্তু রবিবার গুলোতে কিছু করতে ইচ্ছে করে না । সকালে কোনো রকমে একটু ব্রেকফাস্ট করে বেরিয়ে পড়ি বাইক নিয়ে ।ঘুরে আসি এদিক ওদিক থেকে। বাইরেই খাওয়া দাওয়া সেরে একেবারে রাতে বাড়ি ফিরে আসি। আসলে রবিবার ঘুম থেকে ওঠার পর ঘরে থাকলে স্কুলের বাচ্চাদের কোলাহল,চিৎকার গুলো শুনতে পাইনা বলে খুব খালি খালি লাগে। তাই বাইরে বেরিয়ে পড়ি, নিজের ইচ্ছা মতো ঘুরে বেড়াই। সম্প্রতি অনলাইন খাবার ডেলিভারী করা শুরু করেছে আমাদের এলাকায়। দু এক বার চেষ্টা করে আনলাম, মন্দ নয়। ডেলিভারী চার্জ তিরিশ টাকা নেয় ঠিকই কিন্তু বাড়িতে বসেই যখন পাওয়া যাচ্ছে তখন আর পছন্দের রেস্টুরেন্ট যাবার দরকার কিসের! প্রায় রাতে এবং রবিবার দুপুরে অর্ডার করছি। চিকেনের মেনু গুলোই বেশি অর্ডার করি। একার জন্য চিকেন কিনে রান্না করার চেয়ে এটাই ভালো। ডেলিভারী করতে একটা ছেলে আসে নিয়মিত। রোগা করে চেহারা। নাম সম্ভবত সূর্য সরকার। রাতের বেলায় নিচে দাঁড়িয়ে ফোন করে বলে " স্যার আপনার অর্ডার এসে গেছে। একটু নিচে আসবেন না আমি ওপরে আসবো?"

এই ভাবেই চলছিলো দিন গুলো। গত রবিবার অর্ডার করার পর খাবার নিয়ে ওপরে চলে এসে। স্নান করে বাইরে এসে দেখি ছেলেটা বাইকের ওপর বসে কিছু একটা পড়ছে। আমি ভাবলাম হয়তো আশে পাশের কোথাও অর্ডার আছে ,ঠিকানা দেখছে হয়তো। কিছুক্ষন পর দেখি আমার ফ্ল্যাটের সামনের আম গাছের নিচে পেপার পেতে ছেলেটা একটা খাতা খুলে মন দিয়ে পড়ছে আর মাঝে মধ্যে মোবাইল ফোনের দিকে দেখছে। আমি কৌতূহল বশত ওর কাছে যেতেই ও দ্রুত উঠে পড়ে আমাকে বললো " স্যার আপনি?"

..... কি করছো ভাই?

---- কিছু না স্যার। এই একটু পড়ছিলাম।

---- কি পড়ছো দেখি?খাতাটা দাও তো।

খাতা টা হাতে নিয়ে দেখলাম সাইন্সের বেশ কিছু কঠিন কঠিন থিওরি এবং তার সাথে কিছু অঙ্ক। যে গুলো ভীষণ ভাবে আমাকে ছাত্র জীবনে ভুগিয়েছে।

--- তুমি বিএসসি পড়ছো?

--- না স্যার। আমার ভাই পড়ছে। আমি তো এম এস সি করে বসে আছি। কটা টিউশন করি আর এই নতুন এই কাজটা ধরেছি। অর্ডার নেই বলে একটু দেখে নিচ্ছি ভাইয়ের খাতাগুলো। ওকে গিয়ে বোঝাতে সুবিধা হবে। অনেক দিন তো ছেড়ে গিয়েছে চর্চা তাই একটু দেখে নিচ্ছি। আসলে স্যার আমাদের তো এগুলো কোনো কাজেই লাগে না জীবনে। আমাদের মত মধ্যবিত্তদের জন্য নিউটনের

সূত্র,আর্কিমিডিসের থিওরি, জুলের সূত্র গুলো বাস্তবে শেখার কোনো দরকার নেই। নিজের চাকরীর বয়স পেরিয়ে গেলো। কিছুই করতে পারলাম না। এত টাকা করে পরীক্ষার ফি!অনেক গুলো পরীক্ষা ফর্ম ফিলাপ করার সাহস হয়নি। পরীক্ষার রেজাল্ট বার করতে করতেই বয়স পেরিয়ে গেলো।

---- হ্যাঁ ভাই। খুব খারাপ অবস্থা চাকরীর বাজারে। কি বলবো তোমায় আর...

---- স্যার? একটা কথা বলতে পারেন? এই দশ বারো বছরের মধ্যে কি কেউ অবসর গ্রহণ করেন নি? অবশ্যই করেছেন। যদি করে থাকেন তাদের জায়গায় নাই বা হোক ,একটা ঝাড়ুদার,একটা সুইপার পদ !কোনো কিছুই কি খালি নেই আমাদের মতো এম এস সি পাশ করা ছেলে মেয়েদের জন্য?আমি ব্রিলিয়ান্ট ছিলাম না, কিন্তু বিশ্বাস করুন স্যার, জীবনে কোনো দিন কোনো পরীক্ষাতে ফেল করিনি। শুধু প্রতিষ্টিত হতে পারার পরীক্ষাতে হেরে গিয়েছি বার বার। বাবার একটা ছোট চা দোকান আর আমার এই সামান্য রোজগার দিয়ে কি করে সংসার চলে বলুন স্যার? চাকরীর বয়স শেষ! জানি সামনে অন্ধকার। ভাইয়ের ও কিছু হবে সেটাও বিশ্বাস হয়না। তবুও স্বপ্ন দেখি যদি কোনো ম্যাজিক হয়ে যায়। ভাই টা পড়াশুনায় খুব ভালো। একবার যেটা বুঝিয়ে দিই ,খুব সহজেই ধরে নেয়। সেই জন্য ওকে ঘিরে আমাদের সব স্বপ্ন।

--- বাঃ খুব ভালো তো। তোমার ভাইয়ের নাম কি?

---- বিদ্যুৎ ।বিদ্যুৎ সরকার।

--- খুব সুন্দর নাম। দেখো তোমার স্বপ্ন সত্যি হবেই। বিদ্যুৎ চমকাবেই ।আশা ছেড়ে দিওনা ভাই। চাকরীটা আজকের যুগে

আলাদিনের প্রদীপের মতো। কখন কিভাবে কার হাতে আসবে কেউ জানে না। তোমার ছুটি কবে ?

--_- ছুটি বলে তো স্যার কিছু নেই! না এলে টাকা পাবো না। সেই জন্য খুব দরকার না হলে কামাই করি না।

---- তোমার আর তোমার ভাইয়ের সাথে পরিচয় করার ইচ্ছে আছে। এক দিন নিয়ে এসো না ভাইকে আমার ঘরে।

---- আপনার ঘরে?

---- হ্যাঁ ভাই। তোমার সাথে পরিচয় হয়ে খুব ভালো লাগলো। আমি প্রাইমারী স্কুলের একজন শিক্ষক। একাই থাকি ,মাঝে মধ্যে একটু লেখালিখি করি। তোমাদের এই জীবন সংগ্রামের কথা তুলে ধরতে চাই আমার কলম দিয়ে। আসবে ভাই একদিন?তোমাদের কথা তো কেউ জানতেও পারে না!

----- আমাদের কথা? আমাদের কথা কে শুনবে?

---- যেমন আজ আমি শুনলাম , তেমন করেই এক দিন আবার এক জন শুনবে। তোমার মতো অনেক ছেলে আজ এমনই জীবনের প্রতিটি ক্ষেত্রে লড়াই করছে বেঁচে থাকার জন্য। একটু ভালো থাকার জন্য। আসলে সেলিব্রিটি না হলে তোমাদের জীবনে ঘটে যাওয়া সত্যি গুলো কেউ জানতে পারবে না। ফিল্ম ইন্ডাস্ট্রিতে অসংখ্য ভালো ভালো অভিনেতা অভিনেত্রী আছেন,জীবনে হাজার সমস্যা। সেগুলো সব চাপা দিয়ে পর্দার সামনে থেকে হাসি মুখে অভিনয় করে যায়। টিভিতে ,পেপারে শুধু মাত্র সফল মানুষের সাক্ষাৎকার প্রকাশিত হয়। আসলে আমরা হেরে যাওয়া মানুষদের কথা মনে রাখতে চাই না। রাম যদি হেরে যেতো রাবণের কাছে,তাহলে রাবনকেই আমরা দেবতা হিসাবে মেনে

নিতাম। রাবণকে আমরা পুজো করতাম যুগের পর যুগ। আমি হেরে যাওয়া মানুষদের নিয়ে গল্প লিখতে চাই। তোমরাই তো আসল নায়ক। বেকারত্বের মধ্যেও নিজের পরিশ্রমের মধ্য দিয়ে এগিয়ে চলেছো। হ্যাঁ ,চলার গতি ধীরে হলেও কোনো ক্ষতি নেই। তোমরা ভুল পথে নয় ,ঠিক পথেই চলেছো। তুমি কত টাকা রোজগার করো আমি জানি না। তবে এটুকু জানি যে তুমি বাড়িতে ওই টাকা নিয়ে যাওয়ার পর নিশ্চিন্ত থাকো। ওই টাকা উদ্ধার করার জন্য কোনো তদন্তকারী দল,পুলিশ বাড়িতে এসে মাঝরাতে ঘুম ভাঙাবে না। সততা একটা মহান গুন,যেটা তোমার মধ্যে রয়েছে। পরিশ্রম করো আর নিজের কাছে সৎ থাকো দেখবে দেরিতে হলেও সুখ একদিন এসে ঠিক ধরা দেবে।

--- ঠিক বলেছেন স্যার। এই ভাবে তো কেউ বোঝায় নি আমাকে। চাকরী না পেয়ে হতাশ হয়ে পড়ছিলাম। লোকের বাড়ি বাড়ি খাবার দিতে দিতে নিজের শিক্ষাগত যোগ্যতার সার্টিফিকেট পাবার জন্য এতো সময় কেনো যে নষ্ট করলাম সেটা নিয়ে মনে মনে আফসোস করি সব সময়। আজ আমার ধারণা বদলে গেলো স্যার। কি বলে যে স্যার আপনাকে ধন্যবাদ জানাবো! আমি অবশ্যই আসবো স্যার ভাইকে নিয়ে আপনার কাছে। রবিবার আসবো স্যার?

---- আচ্ছা এসো তাহলে। দুপুরে এখানে খাওয়া দাওয়া করে যাবে। আমার কাছে অনেক বই আছে। লাগলে নিয়ে যাবে। আমার কাজে লাগে না ওগুলো।

--- ঠিক আছে স্যার। জানেন স্যার ,আপনি খুব ভালো মানুষ। নিজে এসে এতক্ষন কথা বললেন আমার সাথে। আজ পর্যন্ত যত কাস্টমার দেখেছি সবাই আমাকে ফোন করে শুধু জিজ্ঞাসা করে " এই যে আমার অর্ডার টা কখন পাবো? এতো

দেরি করে এলে কি করে হবে? কমপ্লেন করবো। অর্ডার ক্যানসেল করবো।" এই সব।

বেল বাজাবার সাথে সাথে খাবার প্যাকেট টা হাতে নিয়ে Thank You বলেই মুখের ওপর দরজা বন্ধ করে দেয়। বাইরে বৃষ্টি হোক,তুফান হোক....কেউ বলে নি ভাই বৃষ্টিটা কমলে যেও। এই প্রথম স্যার আপনি আমার কথা শুনলেন। আমাকে নিজের বাড়িতে আসতে বললেন কোনো রকম অর্ডার ছাড়াই।

সেদিন ছেলেটির চোখে মুখে একটা অদ্ভুত খুশীর আলোর ঝিলিক দেখতে পেলাম। যন্ত্র থেকে মানুষে পরিবর্তন হওয়ার খুশিতে হয়তো এই হাসি।

আসলে আমরা সব সময় একটা অ্যাপস থেকে খাবার পছন্দ করে অর্ডার দিই। এরাও সময় মতো চলে আসে ভূতের রাজার বর পূরণ করতে। না এলে ফোন করে হুমকি দিই। এদেরকে আমরা সব সময় একটা যন্ত্রের মত ভেবে এসেছি। যন্ত্র ঠিক মতো কাজ করলে ফাইভ স্টার রেটিং দিই। অথচ এই যন্ত্রের মধ্যে লুকিয়ে থাকা মানুষটাকে কখনো ভালো করে দেখি না। আমাদের শহরের মতো দেশের সব জায়গায় এমন যন্ত্রের আড়ালে সূর্যের মতো ছেলেরা ঢাকা পড়ে যায়। তাই সূর্যের কিরণ আর আমাদের কাছে এসে পৌঁছাতে পারে না।

বাস্তবে নিউটনের গতিসূত্র,আর্কিমিডিসের থিওরি, জুলের সূত্র....এগুলো কোনো কাজেই আসে না। যেগুলো কাজে আসে সেগুলো জীবন ঠিক সময়ে হাতে- কলমে ,নিজের ক্ষেত্রের বাইরের গিয়ে সব কিছুতেই মানিয়ে নেওয়ার কৌশল ঠিক শিখিয়েই দেয়।

2

আরও একবার

চার বছরে ঘনিষ্ঠ প্রেমের পর যখন বিয়ের দুবছরের মধ্যে আলাদা হওয়ার জন্য আদালতের চিঠি এলো বাপের বাড়িতে, তখন ভালোবাসার প্রতি বিশ্বাস চলে গেলো মানসীর।

একা ছোটো মেয়েকে মানুষ করতে আর প্রাইভেট স্কুলের পার্ট টাইমের কাজ করতে করতে হতাশা আর অন্ধকারে ভরে ওঠে জীবন। কীভাবে হবে সব কিছু!!তবু লড়তে হবে একার এই অসম লড়াই, অন্তত মেয়ের জন্য। অনেক আত্মীয় ও সহকর্মী একাকিত্বের সুযোগ নিতে চেয়েছিলো। তবে সদ্য ভাঙনের থেকে পাওয়া বড়ো শিক্ষা থেকে আর কারও ফাঁদে পা দেয় নি সে।

মানুষ ছক কষে অনেক, তবু হিসেবের বাইরে হয়ে যায় অনেক কিছু। স্কুলে কয়েকদিন আগেই প্রধান শিক্ষক হিসাবে অতনু বাবু আসার পর মানসীর ভাবনা চিন্তা একটু বদলে যেতে থাকে। অতনু বাবুর পার্সোনালিটি,

সমস্যা সামাধানের দক্ষতা, বিচক্ষণতা মুগ্ধ করে তাকে। এক সময় মানসী বুঝতে পারে অতনু বাবুর প্রতি একটু বেশি নির্ভর করে ফেলছে। তাহলে কি মানসী নতুন করে ? না না এ তো হয় না! মানসী একটু দূরত্ব বাড়ায়। অতনু বাবু কিছুটা বুঝতে পেরে, এক রবিবার হঠাৎ করে মেসেজ করলেন " তুমি কি আমাকে ভালবাসতে শুরু করেছো? সেই জন্যই কি এই দূরত্ব ?"

মেসেজটা দেখার পর মানসী কাঁদতে শুরু করে। সত্যিই কোনো উত্তর জানা নেই।

আবার মেসেজ এলো " জানি তোমার জীবনে অনেক সমস্যা ।আমারও অনেক বাধা আছে।তবুও আমি তোমাকে ভালোবেসে ফেলেছি।আমাকে ফিরিয়ে দিও না প্লিজ।আজ বিকালে এসো এক সাথে সিনেমা দেখবো।অনেক কথা বলার আছে তোমাকে।আসবে তো? চলে এসো বালিগঞ্জ স্টেশনে ঠিক ৪টায়।অপেক্ষা করবো।"

কত দিন পর কেউ বললো যে "ভালোবাসি"। ঠিক ভুল যাই হোক। মানুষটার সাথে কথা বলে মনে শান্তি তো পাওয়া যায়। মনটা বেশ খুশি খুশি লাগছিলো। অনেক দিন পর আজ নিজেকে একটু সাজালো সে। বেরোনোর ঠিক আগে মেসেজ,

"রেডি?আসছো তো?"

" হ্যাঁ। এই জাস্ট বেরোচ্ছি!"

সাথে সাথেই ফোন করে বললেন "মেয়ে কি করছে?"

"ঘুমাচ্ছে ।আমি এমনি দেখা করে চলে আসবো ।সিনেমা দেখবো না।"

"সে দেখতে হবে না। তবে একবার, মেয়ের ঘরে যাও। গিয়ে মেয়ের কপালে একটু ঠোঁটের স্পর্শ করে এসো।"

-"জেগে গেলে তাহলে তো বেরোনো সমস্যা হয়ে যাবে!"

-"যা বললাম করে দেখো। আমি পরে ফোন করছি।"

মেয়ের কাছে যাওয়া মাত্রই মেয়ে মাকে জড়িয়ে ধরলো।

"মা আমরা কি বেড়াতে যাচ্ছি? কি সুন্দর লাগছে তোমাকে। কত দিন পরে তোমাকে এমন সাজতে দেখলাম। I love You মা।"

সব কিছু হঠাৎ করেই বদলে গেলো । সব চিন্তা ভাবনা গুলো আবার কোথায় মিলিয়ে গেলো। অজান্তেই চোখে জল চলে এলো। বুকের মধ্যেই সব সুখ জাপটে ধরে রয়েছে মানসী। আর ছাড়া যাবে না।

আবার মেসেজ " এবার বুঝতে পারলে কেনো মেয়ের কাছে যেতে বলেছিলাম? ওখানেই তোমার সব কিছু। বাইরে কোথাও এই অনুভূতি ,এই আবেগ খুঁজে পাবে না। বোঝা হিসেবে নয়, ভালবেসে আলিঙ্গন করো জীবন কে, সব কষ্ট কমে যাবে, আর আমি তো রইলামই, সবসময়। ব্যাগের মধ্যে দুটো টিকিট আছে তোমার যাও দুজনে মিলে সিনেমা দেখে এসো।"

অতনু বাবু সত্যিই এক জাদুকর। জীবনটা আজ হঠাৎ ভীষণ সুন্দর লাগছে। মানসী অন্তর থেকে শ্রদ্ধা জানালেন জীবন বদলে দেওয়া, জীবনকে আবার ভালোবাসতে শেখানো এই মানুষটিকে।

3

পরিচয়

স্কুলে পড়ার সময় ছেলেটি পড়াশুনায় খুব ভালো না হলেও , শিক্ষকদের প্রতি ভীষণ শ্রদ্ধাশীল ছিলো। একে বারে পিছনের বেঞ্চে না বসে একটু মাঝের দিকেই বসতো ছেলেটা।সব বিষয় ভালো না লাগলেও বাংলা ও জীবন বিজ্ঞান খুব ভালো লাগতো তার। অঙ্কের স্যারকে দেখে লুকাবার চেষ্টা করতো ছেলেটি, যদি তিনি বলেন, বোর্ডে এসে অঙ্কটা সবার সামনে করতে, তাহলে তো আর কথাই নেই। তাই রবিন বাবুকে দেখে মাথা নিচু করে লুকাবার চেষ্টা করতো ছেলেটি। কিন্তু সব কিছু কি আর লুকানো যায়? স্যার তো স্যার ই হয় ! তাই ইরেজার কুড়াবার জন্য ইচ্ছে করে নিচে মাথা নিচু করে থাকা ছেলে টাকে ঠিক কান ধরে সবার সামনে তুলে এনে অঙ্কটা সেই ছেলেটাকে দিয়েই করাতেন রবিন বাবু। রবিন বাবুর ভয়েতে ধীরে ধীরে অঙ্কে ভয় কাটতে শুরু করে তার। বুঝতে পারে, অঙ্ক মানেই যোগ,বিয়োগ, গুণ ,ভাগ --এর বাইরে যে কিছুই নেই। তাই আর স্যারের কাছ থেকে লুকাবার চেষ্টা করতো না নিজেকে। ভালো রেজাল্ট করলো সে। স্যারের পা ছুঁয়ে আশীর্বাদ নেওয়ার সময় স্যার বলেছিলেন " সমস্যা থেকে পালিয়ে গেলে, সমস্যা আরও বাড়বে। তাই খবরদার লুকাবি না কোনো দিন।"

তারপর, ছেলেটা স্কুল গন্ডি পেরিয়ে, কলেজ থেকে পাশ করে,চেষ্টা করেছিলো চাকরী খোঁজার জন্য। কিন্তু পায়নি , কারণ চাকরী গুলো আজকাল লুকিয়ে পড়েছে তাকে দেখে। ব্যাচ এর অনেকেই আজ প্রতিষ্ঠিত। ছেলেটি তাদের সাথে নিজের ভাগ্যের তুলনা করে, এমন কিছু পার্থক্য তো ছিলো না ওদের সাথে। আজ ছেলেটি কখনো সিকিউরিটি গার্ডের কাজ করছে,কখনো লোকের গাড়িতে হেল্পারের কাজ করছে - তবে সমস্যা থেকে পালিয়ে যায় নি; স্যারের কথা মনে করে। সময় এগিয়েছে, তার সাথে তাল মিলিয়ে বিয়ে, সংসার, সন্তান সব হয়েছে, হয়নি শুধু সফল হওয়া ! তার পরিবার গ্রামের বাড়িতে থাকে, ছেলে সেখানে এক কলেজে পড়ে,খরচ অনেক। কি করে যে কি হবে বুঝে পায় না। নিজে কলকাতার একটা বস্তি এলাকায় ঘর ভাড়া নিয়ে থাকে, একা অন্ধকারে! নিজে

জীবনে সে কিছুই করতে পারেনি কিন্তু নিজের স্বপ্নগুলো সত্যি হয়ে উঠুক সেটা এখনও চায়। তার স্বপ্ন গুলো সব ছেলেকে ঘিরে আছে। নিজে কিছু হতে পারিনি কিন্তু ছেলেকে হারতে দেবে না কিছুতেই। নিজে সে এক সময় কবিতা লিখতো। যা কিছু জীবনে ঘটেছে সব কিছু লিখে রাখতো একটা ডায়রীতে। কিন্তু, আর যে সময় নেই কবিতা লেখার। লক ডাউনের সময় থেকে প্রায় তিন বছর বসে থাকতে থাকতে আজ অনেক কষ্ট করে একটা অটো কিনেছে। সল্ট লেকের একটা রুটে অপেক্ষায় আছে প্রথম ট্রিপের জন্য সকাল থেকেই। আগের অটো গুলো এক এক করে ভর্তি হচ্ছে আর সে ভাবছে এর পর আর দুটো অটো তার আর তার, প্রথম অটো ভর্তি হবে, নতুন যাত্রীদের দিয়ে, শুরু করবে জীবনের প্রথম যাত্রা। একটা ট্রিপে ১০০ টাকা,যদি সবাই লাস্ট পর্যন্ত যায়,যদি মাঝে নেমে পড়ে আবার কমে যাবে। নিজের মনে যোগ বিয়োগ করতে থাকে সে। হঠাৎ করে সামনের অটো তে এক জন বয়স্ক মানুষকে দেখে চোখ আটকে যায় তার! "রবিন বাবু না! হ্যাঁ স্যারই তো! ডাকবো? গিয়ে প্রণাম করবো স্যারের পায়ে? কিন্তু এই অবস্থায় দেখে, স্যারের যদি কষ্ট লাগে। জীবনে কিছুই তো করতে পারলাম না। কিছুই হতে পারলাম না ।স্যার ওই অটো তে চলে যাক।" নিজের অটো টা ঘুরিয়ে নিয়ে পিছনের অটো কে সামনে আসতে বলে তার জায়গায় নিজের অটো টা দাঁড় করায়।

"এবার নিশ্চিন্ত! খুব অপরাধী মনে হচ্ছে আজ। স্যারকে এত কাছে পেয়েও এমন ভাবে দূরে সরে থাকতে হচ্ছে।" চোখ দুটো অজান্তেই জলে ভরে ওঠে। দুচোখ ঝাপসা হয়ে গেছে। চোখ মুছে রুমাল টা নামাতে যাবে হঠাৎ করে কে যেনো কান ধরে সেই পরিচিত গলায় বলে ওঠে " হতভাগা ! বলেছিলাম না জীবনে লুকাবার চেষ্টা করবি না ? আমায় দেখে পালিয়ে যাচ্ছিস? আজ তো তোকে দিয়ে অঙ্ক করাবো না! কেনো পালিয়ে যাচ্ছিস?আমি ঐ অটোতে বসার সময় আয়নাতে তোকে দেখেই চিনে ফেলেছি। ক্লাস ফাইভ থেকে টেন পর্যন্ত তোকে পড়িয়েছি। তোর লুকানো স্বভাব আমি জানি। আমরা শিক্ষক ! মুখ দেখলেই বুঝতে পারি অনেক কিছু। তোকে বোর্ডের সামনে কেনো আনতাম জানিস? অঙ্ক করানোর জন্য নয়! অঙ্ক তো আমি করে দিতেই পারতাম! তোকে সবার সামনে মাথা উচুঁ করে দাঁড় করানোর জন্য। সমস্যা তো জীবনে আসবেই,মাথা নিচু করে লুকিয়ে পালিয়ে গেলে সব সমাধান কি হয়ে যাবে?যাবে না রে বাবা! জানি তুই চাকরী পাসনি। সেটা তোর দোষ নয়। এটা আমাদের সবার দোষ ।আমরা সবাই শিক্ষিত বেকার ভর্তি করে তুলেছি পুরো দেশ জুড়ে। তুই তাদেরই এক জন। আমরাই অপরাধী!তোর কবিতা,তোর ডিগ্রির সার্টিফিকেটের কোনো দাম নেই! একটা ভালো ছেলে ,ভালো ভবিষ্যত যার হওয়ার কথা ছিলো আজ তার একটাই পরিচয় " অটোওয়ালা" !

এ লজ্জা তোর নয়! আমার গর্ব তুই! এত যন্ত্রনা বুকে বয়েও তুই আজ থেমে থাকিস নি। সবাইকে তুই তাদের গন্তব্যে পৌঁছে দিচ্ছিস আজ চালকের আসনে বসে। অনেকেই তোর গাড়িতে বসে চাকরীর পরীক্ষা,ইন্টারভিউ দিতে যাবে,চাকরী করতে যাবে....সব

কিছুর সাক্ষী হয়ে থাকবি তুই। এটা কজন পারে বলতে পারিস?কোনো পেশাই ছোট নয় বাবা! কখনো মুখ লুকিয়ে থাকবি না। এটাই তো আমি তোদের শিক্ষা দিয়েছিলাম স্কুল জীবনে। আমার কথাটা রাখিস বাবা!"

ছোট বেলার সেই ছেলেটি আজ কারও বাবা হয়েও স্যার কে সামনে পেয়ে আবার বিনম্র ছাত্র হয়ে ওঠে, চোখ আবারও তার জলে ভরে ওঠে। স্যারকে প্রণাম করতে গেলে স্যার ছাত্রটিকে নিজের বুকের মধ্যে জড়িয়ে ধরলেন। "হ্যাঁ এই তো জীবনে নাকি সে কিছুই করতে পারেনি! কিছুই হতে পারেনি? আজ তো হতে পেরেছে সে। নয়তো স্যার এত বছর পর এতো মানুষের ভিড়ে নিজের বুকের মধ্যে জড়িয়ে ধরে মাথায় হাত বুলিয়ে দিচ্ছেন!এটা যে কত শান্তির ।কত গর্বের তা ভাষায় প্রকাশ করা যাবে না। জীবনের সব না পাওয়াগুলো আজ প্রাপ্তিতে ভরে উঠেছে ।এখানেই থেমে থাকুক সব কিছু। স্যারের ভালোবাসা আজ জীবনকে নতুন করে বদলে দেবে ।আর কোনো দিন লুকাতে হবে না নিজেকে। এই "অটোওয়ালা" আজ থেকে মাথা উচুঁ করে দাঁড়িয়ে থাকবে সমাজের প্রতিটা প্রতিষ্ঠিত মানুষের মতোই।

4

ব্রিলিয়ান্ট ছেলের চিঠি

শ্রীচরণেষু,

বাবা,

বুধবার রাতে তোমার কাছ থেকে মায়ের চলে যাওয়ার খবর পেলাম। বিশ্বাস করতে পারছিলাম না যে মা আর নেই। ফোনে কথা বলার সময় পাশে থেকে কেউ যেনো বললো, যে "মরার আগে ছেলের মুখটা ও দেখতে পেলো না। এক বার কি ছেলে আসতে পারতো না মাকে দেখবার জন্য? ছেলেকে পড়াশুনা শিখিয়ে বিদেশে পাঠালেন আর মরার সময় মুখে জল দেওয়ার বেলায় কেউ নেই। সত্যিই বাবা মার প্রতি আর কোনো টান নেই।" না ,বাবা কথা গুলো তোমার নয়, কথা গুলো আমাদের প্রতিবেশীর। আমরা তো সামাজিক প্রাণী! তাই হয়তো এক সমাজে থাকতে গিয়ে তোমাকেও এই প্রশ্নের মুখোমুখি হতে হবে। জানি বাবা এই মুহূর্তে তুমি ভীষণ ভাবে ভেঙে পড়েছো। আমি কাছেও নেই তোমার । তোমাকে জড়িয়ে ধরে কাঁদা ছাড়া আর কিই বা করতে পারতাম বলো বাবা? মাকে শেষ বারের জন্য দেখতে পেলাম না ! তোমাদের জন্য কিছুই করতে পারলাম না বাবা। পারলে ক্ষমা করে দিও বাবা। জানো বাবা, দেশের বাইরে থাকলেও আমি তোমাদের কাছে যাওয়ার জন্য ছটপট করতাম সব সময়। মায়ের শরীর খারাপ শুনে কাজে মন বসতো না কিছুতেই। ইচ্ছা করতো ছুটে চলে যাই তোমাদের কাছে। কিন্তু পারিনি বাবা! এই কম্পিটিশনের বাজারে চাকরী খোয়া গেলে ,ভালো চাকরি পেতে খুব সমস্যা হবে। আমার ওপর অনেক দায়িত্ব কোম্পানির। আমার থাকাটা খুব জরুরী। আমার সিদ্ধান্তের ওপর পৃথিবীর বিভিন্ন দেশে ছড়িয়ে ছিটিয়ে থাকা কোম্পানির সাথে যুক্ত মানুষ গুলোর রুজি রোজগারের ওপর এফেক্ট পড়ার কারণে আমাকে কানাডা তে যেতে হল বাধ্য হয়ে, যেতে ইচ্ছা করছিলো না বাবা! দিন রাত কাজ করতে করতে আমি ক্লান্ত ছিলাম। ইচ্ছা করছিলো মায়ের কোলে মাথা রেখে ঘুমাবো ফিরে এসে, কিন্তু আমার আসার আগে মা ঘুমিয়ে পড়লো চিরদিনের জন্য। নিজেকে ক্ষমা করতে

পারছি না বাবা! তুমি ও হয়তো আমার ওপর রাগ করেছো। কষ্ট হচ্ছে বাবা! কাউকে যে বলতে পারছি না।

জানি, এই মুহূর্তে অনেকেই তোমার সামনে পিছনে নানান কথা বলবে। বলবে ছেলেকে বিদেশে মানুষ করতে পাঠিয়ে কত বড়ো ভুল করেছো তুমি। কিন্তু আমি তো হারিয়ে যেতে চাই নি বাবা। হ্যাঁ পড়াশুনা করতে আমার ভালো লাগতো। তোমরা আমাকে সব সময় এগিয়ে যাওয়ার জন্য বলতে। ছেলে বোর্ডের পরীক্ষায় ৯৯% নম্বর পেয়েছে বলার মধ্যে তোমরা যে গর্ব অনুভব করতে সেটা আমাকে আরও উৎসাহ জুগিয়েছে। হাজার সমস্যার মধ্যেও তোমরা আমার পড়াশুনার জন্য কোনো ত্রুটি রাখো নি বলে আমি আরও বেশি করে পড়াশুনায় মন দিলাম। আত্মীয় স্বজন বন্ধু বান্ধব ভুলে আমি বইয়ের পাতায় চোখ রেখেছিলাম। কত দিন তোমরা আমার পরীক্ষার সময় কত আত্মীয় স্বজনের বিয়ে বাড়ি ,জন্মদিনের অনুষ্ঠানে অংশ নিয়েছো। আমি যেতে পারিনি। পরে ছবিতে দেখেছি সবার সাথে কাটানো মুহূর্ত গুলো। আমি এখনও পর্যন্ত জানিনা আমার মামার কটা ছেলে ,কটা মেয়ে,কে কোন ক্লাসে পড়ে এখন। মাঝে মধ্যে বাড়িতে কথা বলার সময় ওদের কথা শুনতাম। সবার মত শৈশব আমার ছিলো না বাবা। সবাই স্কুল লাইফ, কলেজ লাইফ টা উপভোগ করেছে সুন্দর ভাবে। আমি শুধু বইয়ের পাতায় হারিয়ে গেছি। সবাই যখন শুকতারা, চাঁদ মামা, নন্টে ফন্টে,বাঁটুল দি গ্রেট পড়তো,আমি তখন নানান রকম বই পড়ে নোটস বানাতে ব্যস্ত। সবাই যখন আইপি এল,বিশ্বকাপ নিয়ে মেতে ছিলো আমি মেতে ছিলাম প্রথম হবার প্রস্তুতিতে। সবাইকে টপকে এগিয়ে যাওয়ার লড়াইতে মত্ত। তোমার অফিসের বসের ছেলে নাকি আমেরিকা তে চাকরী করতো। সেখানেই নাকি সব সুখ,প্রচুর ডলার সেখানে। তোমরা আমাকে উদাহরণ দিতে অমুকের ছেলে এটা করে দেখিয়েছে,তমুকের মেয়ে জাপানে স্কলারশিপ পেয়ে রিসার্চ করছে। আসলে তোমরা চাইতে আমিও তোমাদের ওই রূপকথার গল্পের নায়ক হয়ে উঠি। পাশের পাড়ায় আমাদের সাথে পড়তো সুভাষ। ওর বাবার এক্সিডেন্ট এর সময় সবাই বাড়িতে গিয়ে সান্ত্বনা দিতে গিয়েছিলে তোমরা ।আমাকে যেতে দাওনি। আমি নাকি রক্ত দেখে ভয় পেয়ে যাবো। আমার পড়াশুনার ক্ষতি হবে। প্রতিবেশীদের ভালো করে চিনলাম না। আমি হোস্টেল থেকে গ্রামে এলে অনেকেই আমাকে শুধু মাত্র তোমার ছেলে এই পরিচয়ে চিনতো আমাকে। আমার নাম কেউ মনে রাখে নি। আমিও যেনো এই গ্রামের কেউ নই। সব গুলো মুখ নতুন ।সবাই অচেনা আমার কাছে। আমার সাথে মাধ্যমিকে পড়া বন্ধুরা কেউ কেউ আজ স্কুলের সামনে দোকান করেছে,কেউ রিক্সা নিয়ে সবজি বিক্রি করছে,কেউ আখের রস বিক্রি করছে,কেউ ফুচকা বিক্রি করছে গ্রামের আশে পাশে। তোমাদের যদি আমাকে বাড়ির কাছাকাছি দেখার স্বপ্ন ছিলো তবে আমাকে এত পড়াশুনা করানোর কি দরকার ছিলো বলো? আমি তো পারতাম স্কুলের সামনে,বাজারের মধ্যে দাঁড়িয়ে ফুচকা বিক্রি করতে ।তোমাদের স্বপ্ন সত্যি করতে গিয়ে আমি নিজেকে সেই ভাবে তৈরী করেছি ।আমি

এখানে থাকলে পারতাম না নিজে উচ্চ শিক্ষায় শিক্ষিত হয়ে ,যোগ্যতার পরীক্ষায় উত্তীর্ণ হয়েও রাজপথে এক টানা ৫০০ দিন লড়াই করতে। আমার মধ্যে সেই বিদ্রোহের আগুন নেই বাবা,কখনোই ছিলো না। আসল কথা কি জানো বাবা? আমরা কেউ ভালো নেই! দূরে আছি, সাথে আছে অনেক ডলার,অনেক বড়ো ফ্ল্যাট কিন্তু বাবা - মা - ভাই বোন কেউ সাথে নেই। আবার যারা বাড়ির কাছে রয়ে গেছে বাবা মা বোন সবাই আছে ,কিন্তু টাকা নেই ,মাথার ওপর আকাশ ছোঁয়া বাড়ি নেই,বাড়ির সামনে ঝকঝকে গাড়ি নেই। এই জীবনে সব কিছু পাওয়া যায় না বাবা। তোমাদের স্বপ্ন পূরণ করতে করতে আমি ও হারিয়ে গিয়েছি সবার থেকে অনেক দূরে....... ডলারের দেশে। ফিরে আসতে চাইলেও পারবো না বাবা।এখানে কোনো কিছুই স্থায়ী নয়।আজ আছি ,কাল থাকবো কিনা জানিনা।প্রতিযোগিতা সব সময় চলছে।যোগ্য প্রার্থীরা ঘাড়ের কাছেই নিশ্বাস ফেলছে।একটা ভুল অর্থাৎ আবার নতুন কাজের জায়গা খোঁজা শুরু। রাতে ফোন করবো একটু কথা বলো বাবা। জানি না কি বলবো তোমাকে! তবুও এক বার বাবা বলে ডাকতে চাই।একবার মা মা বলে কাঁদতে চাই।পরের জন্মে বাবা আর ইঞ্জিনিয়ার হবো না ।হরিপ্রসন্ন স্কুলের শিক্ষক হবো।তোমাদের কাছ থেকে আর দূরে যাবো না কোনো দিন।

পরের জন্মে আমাকে ছেলে হিসাবে চাইবে তো বাবা ? আমার প্রণাম নিও বাবা I

ইতি

তোমাদের ব্রিলিয়ান্ট ছেলে

5

অন্তরালে

বিনয় বাবুর বাড়িতে আমি ভাড়ায় থাকি পাঁচ বছর হলো। কর্মসূত্রে আমি এসেছি ঝাড়খন্ডের একটা প্রত্যন্ত গ্রামে। এখানে কম খরচে ঘর খুঁজতে গিয়েই পরিচয় হয় বিনয় বাবুর সাথে। প্রায় দশ বছর আগে উনি অবসর নিয়েছেন। হাঁটতে চলতে পারেন। সব কাজ একাই করেন। স্ত্রী ছাড়া আর কোনো সন্তান নেই। পেনশন আর বাড়ি ভাড়া যা পান সেটা দিয়েই সংসার চলে। ভাড়াটে বলতে আমি আর আর একটা পরিবার থাকে দোতলায় । সারাক্ষণ ঝগড়া করা পরিবার। দু এক বার স্বামী স্ত্রীর চিৎকার চেঁচামেচি শুনে আমি থামাতে গিয়েছিলাম কিন্তু যেহেতু আমি অবিবাহিত তাই বিয়ের পরে নাকি এগুলো একটু আধটু হয়ে থাকে সংসারে তাই আমাকে এক কাপ চা খাইয়ে ঘরে পাঠিয়ে দিয়ে নতুন উৎসাহে চিৎকার শুরু করে দিলেন। বিনয় বাবু এতটাই লাজুক যে ভাড়ার টাকা পর্যন্ত চাইতে লজ্জা পেতেন। আমি সাধারনত প্রতি মাসের ৫ তারিখের মধ্যে দিয়ে দিই। কিন্তু একবার মার্চ মাসে বেতনও কম পেয়েছিলাম,এদিক ওদিক জীবন বীমার পলিসির টাকা জমা করতে গিয়ে বেমালুম ভুলেই গিয়েছিলাম। পরের মাসে গিয়ে এক মাসের টাকা দিলাম যখন, তখন ও খেয়াল পড়ে নি। উনি টাকা টা মুঠো করে নিয়ে নিচে চলে গেলেন । পরে অফিস যাওয়ার সময় দেখি নীচে খুব চিন্তিত অবস্থায় দাঁড়িয়ে আমার জন্য অপেক্ষা করছেন। আমি যাওয়া মাত্র বললেন " একটা কথা বলার ছিলো,যদি অভয় দেন তাহলে বলতে পারি।"

-------হ্যাঁ হ্যাঁ বলুন কি বলবেন?

---"ভাবছিলাম বাড়িটা একটু মেরামত করে রঙ করাবো।"

----"ও ভালো তো। করিয়ে নিন। আমাকে বলার কি আছে?

----- "না মানে!"

------কোনো সমস্যা আছে কি?

------আসলে একটু টাকা পয়সার দরকার ছিলো। প্রায় ২০-২৫ হাজারের মতো।

এই রে টাকা চাইবে মনে হচ্ছে। তাই ওনার মত বদলানোর জন্য আমি বলেই ফেললাম " এখন মেরামতের কোনো দরকার নেই। ঘরে তো কোনো সমস্যাই নেই। আর রঙ এখনও দু বছর পরে করালেও চলবে। আগের রঙ টা এখনও ভালোই দেখা যাচ্ছে। শুধু শুধু টাকা খরচ করার কোনো মানে হয় না।" এই বলেই আমি চলে যাবার জন্য বাইকটা স্টার্ট করতে যাবো এমন সময় উনি বললেন " না না আমাকে টাকা দিতে হবে না ,আসলে আপনি আমাকে মার্চ মাসের ভাড়াটা দিতে ভুলে গিয়েছেন!আপনার তো বাকি থাকেই না। আমি ভাবলাম কোনো সমস্যা আছে হয়তো তাই দিতে পারেন নি। আসলে তেমন অসুবিধা হলে আমাকে বলতে পারেন আমি তাহলে রঙ করার জন্য যে টাকা টা বাঁচিয়ে রেখেছিলাম সেটা আপনাকে দিতে পারি।"

আমি সত্যিই খুব লজ্জায় পড়ে গেলাম। দুঃখপ্রকাশ করে বললাম " আমি আন্তরিক ভাবে দুঃখিত,নানান কাজের মধ্যে ভুলে গিয়েছিলাম। আমি সন্ধ্যা বেলায় এসে দিয়ে দেবো। কিছু মনে করবেন না প্লিজ।"

"না না ঠিক আছে। আপনি আসুন দেরী হয়ে যাচ্ছে।"

ঘটিয়ারী শরীফ বস্তি এলাকায় বস্তির ছেলে মেয়েদের নিয়ে বিভিন্ন দেশপ্রেমিকদের জন্মদিন,মৃত্যু দিন,স্বাধীনতা দিবস ও প্রজাতন্ত্র পালন করেন। বাড়ির পাশে একটা ক্লাব ঘরের ধরনের একটা ঘর বানিয়ে রেখেছেন। অনেক বাংলা বই এবং কয়েকটা ফুটবল রেখেছেন। সামনে একটা বেদি বানানো। ওখানেই সব অনুষ্ঠান করেন। একাই ছেলে মেয়েদের ডেকে আনেন। ইচ্ছা না থাকলেও কোনো ভাবে উপস্থিত থেকে মুড়ি ও ছোলার ঠোঙা টা নিয়ে পালিয়ে যায় অনেকেই। প্রথম প্রথম একটু ভিড় থাকলেও এখন ছেলে মেয়েরা আসতেই চায় না। মোবাইলে পাবজী খেলা ছেড়ে উঠে আসা বেশ কষ্টের কাজ। বিনয় বাবু আজও স্বপ্ন দেখেন এক নতুন ভারতবর্ষের। দুর্নীতি মুক্ত এক সমাজের। এই বস্তির মধ্যে থেকে উঠে আসুক ক্ষুদিরাম, নেতাজীর মতো মহান মানুষ। উনি সবার বাড়িতে গিয়ে খবর নেন পড়াশুনা করতে কোনো অসুবিধা হচ্ছে কিনা। কেউ বই কিনতে না পারলে উনি জোগাড় করে দেওয়ার চেষ্টা করেন। বিনয় বাবুর সুপার ফ্লপ অনুষ্ঠানের পরেও উনি ভেঙে পড়েন না। একাই পতাকা নামিয়ে সযত্নে গুছিয়ে রেখে দেন। প্রজাতন্ত্র দিবসের দিনে ওনাকে গম্ভীর ভাবে বসে থাকতে দেখে খুব মায়া হলো। আমি বললাম " বিনয় বাবু যুগ বদলেছে। পাশের ক্লাবে সারা রাত জুড়ে ফাংশান হবে। খাওয়া দাওয়া হবে ।প্রজাতন্ত্র দিবস উপলক্ষে রঙিন জল এবং নাচের ব্যবস্থা করা হয়েছে। ক্লাবকে টাকা দেওয়া হয়েছে। আসলে ওদের মেনুর কাছে আপনার 'ছোলা মুড়ি ' হেরে গিয়েছে। মেনু চেঞ্জ করলে হয়তো কিছু ভিড় বাড়তে পারে।"

উনি আমার মুখের দিকে তাকিয়ে মাথা নেড়ে সায় দিয়ে নিজের মনে বিড় বিড় করতে করতে ঘরে ঢুকে গেলেন।

এই বছর স্বাধীনতার ৭৫ বছর পূর্তি উপলক্ষে বিনয় বাবু বড় করে অনুষ্ঠান করবেন। আগের দিন সাউন্ড সিস্টেম বুক করেছেন,পতাকা উত্তোলনের জায়গাটা খুব

সুন্দর করে ফুল দিয়ে সাজিয়েছেন। সকাল বেলায় ঘুম ভেঙে গেলো "মুক্তির মন্দির সোপান তলে" সেই পুরোনো দিনের গান শুনে। জানালা দিয়ে উঁকি দিয়ে দেখলাম বিনয় বাবু সকাল থেকেই সাদা ধুতি পাঞ্জাবি পরে রেডি। খুব খুশি মনে হচ্ছে আজ ওনাকে। মাঝে মধ্যে কেউ এসে অভিযোগ করার পর গানের ভলিউম একটু কম করতে বলছেন। আসলে এই গান গুলো তো আর ভাইরাল হয়নি। তাই শুনলে খুব অসুবিধা হয় আমাদের। বিনয় বাবু আজ ফুল ফর্মে । একটু পরে আবার নিজেই জোরে গান বাজিয়ে দিতে বলেন। বিনয় বাবু হাত নেড়ে আমাকে বললেন রেডি হয়ে নিচে চলে আসতে। ঠিক আটটায় পতাকা উত্তোলন হবে। আমি স্নান সেরে নতুন পাঞ্জাবি পরে নিচে এসে দেখি প্রচুর ভিড়। চমকে গেলাম পুরো। এবার মনে হচ্ছে হ্যাঁ স্বাধীনতার ৭৫ বছর উদযাপন হচ্ছে বটেই আজ। বিনয় বাবুর চেষ্টা আজ সফল। বেশ ভালো লাগছে আজ । অনেক দিন পর বিনয় বাবুকে হাসতে দেখলাম। বিনয় বাবু সবাইকে শুভ সকাল বলে শুরু করতে যাবেন এমন সময় পাড়ার খোকন দা বলে উঠলো " বিনয় দাদু এক মিনিট । আরে আজ সূর্য কোন দিকে উঠেছে! আরে MLA সাহেব এসেছে আজ সয়ং আমাদের বস্তিতে। আসুন স্যার, আসুন । এই দেখুন আমরা সবাই আপনার জন্য অপেক্ষা করছিলাম। ইনি হলেন বিনয় বাবু। আমাদের পাড়ার গর্ব। আসুন স্যার আপনি আজ এসেছেন এতো আমাদের পরম সৌভাগ্য। বিনয় বাবু আপনি একটু সরে যান স্যারকে জায়গা করে দিন। স্যার নিন স্যার পতাকা উত্তোলন করে জাতীয় সংগীত টা হয়ে যাক। এর পর ক্লাবে যেতে হবে স্যার । ওখানে লাঞ্চের আয়োজন করা হয়েছে। এই তোমরা সবাই এখানে হয়ে গেলে ক্লাবে চলে যাবে। ঠিক আছে? "

খুব জোরে এক সাথে উচ্চারিত হলো " ঠিক আছে । ঠিক আছে। "

আসলে ঠিক কিছুই নেই। ঠিক কিছুই হলো না। বিনয় বাবুর দৃষ্টি তখনও স্বাধীনতার পতাকার দিকে। নিচ থেকে আস্তে আস্তে উপরে উঠছে ,হাত তালির শব্দে মুখরিত হচ্ছে পরিবেশ। ফটো তোলা হচ্ছে বিভিন্ন দিক থেকে MLA সাহেব ও পার্টির লোকজনকে এক ফ্রেমে নিয়ে। সেখানে বিনয় বাবু ফ্রেমের মধ্যে নেই। হটাৎ করেই এমন কিছু ঘটে যাবে আশা করিনি । জাতীয় সঙ্গীত হয়ে যাওয়ার পর MLA সাহেব চলে যেতেই পুরো বস্তি খালি হয়ে গেলো। আমি ,বিনয় বাবুর স্ত্রী ও বিনয় বাবু তিন জন আর সাউন্ড সিস্টেম অপারেট করা ছেলেটা ছাড়া আর কেউ নেই। বিনয় বাবুর চোখের দিকে চাইতে পারছিলাম না। বিনয় বাবুর স্ত্রী ঘরে ঢোকার আগে জিজ্ঞাসা করলেন " ৭৫ প্যাকেট লুচি মাংসের প্যাকেট গুলো কাল যে অর্ডার দিয়ে আনলে সেগুলোর কি হবে?"

আমি অবাক হয়ে বিনয় বাবুর দিকে চেয়ে রইলাম। আমি কিছু বলার আগেই উনি বললেন " আসলে বস্তির মানুষের জন্য কোনো দিনও কিছু করে উঠতে পারিনি। এই বছর ভাবলাম সবাইকে একটু ভালো খাবার যদি দিতে পারি ওদের সাথে আমারও খুব ভালো লাগবে। আমাদের তো কেউ নেই। টাকা পয়সা নিয়ে কোথায় যাবো! এক বেলা যদি ওদের একটু পেটে ভালো কিছু যায় আমার মনটা শান্তি পেতো। তাই কাল বাড়ি

বাড়ি গিয়ে বলে এসেছিলাম যে আজ আমার এখানে খেয়ে যাবে সবাই। তাই অনেক হিসেব করে প্যাকেট গুলোর অর্ডার দিয়েছিলাম। ভয় ছিলো যদি কম পড়ে যায়! কিন্তু কি অদ্ভুত দেখো কম পড়লো না। সব গুলোই বেঁচে আছে। দেখলে তো বাবা আজ "ছোলা মুড়ি" নয় লুচি মাংস ও হার মেনেছে। হার কপালে লেখা থাকলে জেতা কি যায় বাবা?তুমি চিন্তা করো না এখন একটু শরীরটা খারাপ লাগছে ।বিকালে গিয়ে আমি সবার বাড়িতে গিয়ে পৌঁছে দেবো। একটু শোবো এখন।"

আমি বললাম " বিনয় বাবু আজ আপনার সাথে আমি যাবো। আমাকে নেবেন সাথে? "

উনি মুচকি হেসে বললেন "আমার সাথে? বেশ এসো আমার সাথেই থেকো। একা পারবো না এত গুলো বাড়িতে যেতে।"

দুপুর বেলায় বিনয় বাবুর কাজ টা একাই করলাম এবং আধ ঘন্টার মধ্যে সব প্যাকেট বিতরণ শেষ। সকালে আমি ওপরে যাওয়ার কিছুক্ষনের মধ্যেই বিনয় বাবু বিশ্রাম নিতে গিয়ে আর ওঠেন নি। আমি ডাক্তার ডেকে এনেছিলাম কিন্তু সব শেষ। কি বলে যে সান্তনা দেবো ভাষা জানা নেই। সাউন্ড সিস্টেম এর ছেলেটা কিছু আন্দাজ করার আগে আমি গিয়ে বললাম "একটু মাইক্রোফোন টা দেখি।"

ঘোষণা করলাম " আনন্দ সংবাদ ,আনন্দ সংবাদ ।আজকের স্বাধীনতা দিবস উপলক্ষে বিনয় বাবুর পক্ষ থেকে লুচি মাংস এবং মিষ্টির প্যাকেট বিতরণ করা হচ্ছে সম্পূর্ন বিনা মূল্যে। তাই অযথা দেরি না করে এই সুযোগের সদ্ব্যবহার করুন। আসুন আসুন।"

আর কিছু বলতে হয়নি কয়েক মিনিটের মধ্যে প্যাকেট শেষ। যাঁরা পেলো না বিনয় বাবুর নামে মনে মনে গালাগাল দিতে দিতে চলে গেলো।

আমি মনে মনে ভাবলাম বিনয় বাবু হয়তো মরে গেলেও এনাদের জন্য প্যাকেটের ঠিক ব্যবস্থা করেই রাখবেন।

বিনয় বাবুর কথা গুলো এখনও কানের কাছে বাজছে " লুচি মাংস ও হার মেনেছে আজ।"

পরের দিনের খবরের কাগজ জুড়ে পতাকা উত্তোলনের অনেক ছবি। না ,বিনয় বাবুকে সেখানে দেখতে পাওয়া যায়নি। বিনয় বাবু ,অন্তরালেই থেকে গিয়েছেন চিরকালের মতোই।

6

ভালোবাসা কারে কয়?

বারো বছর ধরে মহেশ বাবুর সাথে পরিচয়। খুবই নরম প্রকৃতির মানুষ। কারও সাথে উচুঁ গলায় কথা বলতেন না। প্রথম প্রথম নতুন যখন জয়েন করেছিলাম সেই সময় বয়স্ক মানুষ ভেবে কাজে ফাঁকি দিলেও কিছু বলতে পারতাম না। পরে যখন দেখতাম ওনার কাজ না করার জন্য আমাকে ওপরের বসের কাছে ঝাড় খেতে হচ্ছে,তখন আর শ্রদ্ধার লেবেল থেকে বেরিয়ে এসে গুছিয়ে গালাগাল দিয়ে উদ্ধার করে দিতাম। কিন্তু উনি নির্বিকার। অনায়াসেই গালাগাল হজম করে নিতেন। কোনো রাগ বা ঝগড়া করার প্রবনতা দেখতে পাইনি। মাঝে মধ্যে মনে হয় কাকে বলছি আর কেনোই বা বলছি? কিছুই লাভ হয় না। রোজ দেরি করে আসেন একটা সাইকেল নিয়ে। কোনো রকমে হাজিরার খাতায় সই করেই গায়েব হয়ে যান। অফিসের পাশে ফাঁকা জায়গায় গিয়ে সবজি ও ফুলের গাছ বসিয়ে তার যত্ন নিতে থাকেন। আমার কাগজ পত্র গুলো পড়ে থাকে ওনার কখন সময় হবে তখন সেই কাগজটা সঠিক লোকের কাছে যাবে। তাতেও কোনো গ্যারান্টি নেই। তাই বসের ভয়ে ওনার পিয়নের কাজ আমাকে করে নিতে হয় বেশিরভাগ সময়ই। বাড়ির ঝামেলা হোক বা অফিসের হোক,ওনাকে বকুনি দিতে গিয়ে নিজের মনে হতো" হ্যাঁ এই তো আমি পুরুষ মানুষ! যা খুশি বলবো ওনাকে। একটা কিছু শব্দ করতেই পারবে না।"

কিন্তু উনি রেগে যান না বা কোনো কিছু রিয়েক্ট করেন না বলে মনে সেই তৃপ্তি অনুভব করি না। মনে হয় এত কষ্ট করে যে এনার্জি নিয়ে খিস্তি গুলো দিলাম তার কিছুই কাজে এলো না। চার থেকে ছয় অক্ষরের জনপ্রিয় এবং বহুল প্রচলিত খিস্তি ও কোনো এফেক্ট আনতে পারে না। অবশেষে আমি হার মানলাম। বলা ছেড়ে দিলাম। উনি ওনার মতন থাকতেন বাগান ,ফুল , সবজি চাষ নিয়ে। আমরা আমাদের কাজ নিয়ে থাকতাম। সবজি হলে সবাই তুলে নিয়ে চলে যেতো,আমিও নিতাম তাদের থেকে। অনেক টাকাই বেঁচে যেতো আমাদের সবজির জন্য। উনি দেখতেন বড় বড় চোখ নিয়ে। চোখ

দেখে মনে হতো বিরক্ত হচ্ছেন,কিন্তু কাউকে বারণ করতেন না। ওনার কষ্টের সাজানো বাগান দিয়ে সবাই সবজি নিয়ে চলে গেলে উনি হতাশ হয়ে বসে পড়তেন। একদিন আমার চোখে পড়লো বিষয়টা। আমি একদিন ডেকে ওনাকে কিছু টাকা দিতে চাইলাম সবজির চাষ করার জন্য। উনি বললেন " না না ঘোষ স্যার ! আমার লাগবে না। আমার ভালো লাগে চাষ করতে ।আপনাদের কাজে লাগছে এটাই আমার আনন্দ। আর আপনার কাছ থেকে আমি টাকা নিতে পারি? কত ভালোবাসেন আপনি আমাকে। "

শেষ লাইনটা শোনার পর আমি কিছুক্ষণের জন্য স্তব্দ হয়ে গেলাম। আমি ভালোবাসি ওনাকে! ফাঁকিবাজ! নিজের কাজ করেন না। সরকার ওনাকে ৭০০০০ টাকা মাইনে দিচ্ছে আর উনি দিনে ৭০ টাকার কাজ ও করেন না। ওনার জন্য আমাকে গালাগাল খেতে হয়! ওনার পিয়নের কাজও আমাকে করতে হয়! আমি এটা করি বলে অনেকেই আমাকে নিয়ে হাসাহাসি করে সেটাও আমি জানি। সব চেয়ে যাকে অপছন্দ করি সেই লোকটি আমার সামনে আমাকে বলছে যে আমি নাকি তাকে খুব ভালোবাসি! হাসবো না কাঁদবো বুঝতে পারছি না। ভালো করে এই প্রথম ওনার মুখের দিকে তাকালাম। কেমন যেনো একটা মায়া মেশানো মুখ ! নিষ্পাপ ! উনি চলে গেলেন। আমি ওই দিনের পর থেকে ওনাকে আর কোনো দিন জোরে কথা বলিনি।

এর পর এলো মহেশ বাবুর অবসর নেওয়ার দিন। আমার খুব খুশি হওয়ার কথা ।মনে মনে অনেকদিন ধরে চাইতাম কবে আপদ টা বিদায় নেবে। একটা কাজের লোক আসুক ডিপার্টমেন্টে। কিন্তু কেনো জানি না কদিন ধীরে ওনার মুখটা ভাসছে মনের মধ্যে। ওনার অবসরের কাগজপত্র গুলো আমি রেডি করে দিলাম। উনি পড়তে পারেন ও না। শুধু নিজের নামটা সই করতে পারেন বাংলায়। সব কিছু করে দেওয়ার সময় ওনার মুখের দিকে দেখলে কেমন যেনো কষ্ট হতো। কোনো বন্ধু নেই অফিসে ওনার। অনেকে গল্প করেন ।কিন্তু উনি শুধু একাই বাগান নিয়ে থাকেন। শুধু শুধু লোকটাকে কত কি বলেছি! এখন ওনার বস হয়ে তো আর ওনার কাছে ক্ষমা চাইতে পারি না! তাই মনে মনে ওনার কাছে ক্ষমা চাইছিলাম সব সময় ! উনি মাঝে মধ্যে আমার দিকে দেখেন আর কেনো জানি না চোখের এক কোণে একটু জল এসে যায় ওনার। হয়তো বা অবসরের বয়স এসে গেছে সেটা মেনে নিতে কষ্ট হচ্ছে এই ভেবেই।

সন্ধ্যায় সবাই মিলে ফেয়ার ওয়েল এর জন্য ওনাকে কনফারেন্স হলে নিয়ে এলাম। উনি একাই ! পরিবারের কেউ নেই! সবাই আমরা প্রায় একই রকম বিদায় ভাষণ দিলাম। খুব ভালো মানুষ ছিলেন,খুব ভালো স্বভাব,সবার সাথে ভালো সম্পর্ক.....খুব মিস করবো,ওনার অবসর জীবন ভালো কাটুক....এই সব আর কি!

সব শেষে ওনার পালা। উনি পুরো চাকরী জীবনে এক টানা চার থেকে পাঁচ লাইনের বেশি বাক্য বলেছেন বলে আমার তো মনে হয় না। তাই ওনার বেশি কিছু বলার আছে বলে আমার মনে হয় না। এই মিনিট দুই তার পর ছুটি। উনি স্টেজে উঠে মাইক টা রেখে দিয়ে বললেন " আমি এমনি কটা কথা বলবো। মাইক্রোফোন আমি বুঝি না! প্রথমে

আমি আপনাদের সবাইকে ধন্যবাদ জানাই। আপনারা আমাকে ভালোবেসে এত ফুল,এত গিফটের বাক্স দিলেন ,আমার সম্পর্কে অনেক কথা বললেন তাতে আমি কি বলে যে ধন্যবাদ দেবো জানি না। আমি মুখ্যু মানুষ স্যার। আমি সত্যি বলতে কি এই চাকরী আমি করতে চাইনি। আমি চাষ বাস করতাম। এখানেই আমাদের জমি ছিলো। যখন প্ল্যান্ট তৈরী হয় আমি জমি দিতে চাইনি। জোর করে জমি টা দিতে হলো। আমার বউ মিনতি ও চায় নি ।তবুও দিতেই হলো! আমরা দুজন মিলে এই বাগানটায় ফুল ,সবজির চাষ করতাম। আমি গাছ লাগাতাম ও জল এনে দিতো। গরমের মধ্যে খালি গায়ে কাজ করতে করতে ঘেমে গেলে ও এসে আঁচল দিয়ে আমার পিঠ,কপাল মুছিয়ে দিতো। আমরা এক সাথে পান্তা ভাত আলু সিদ্ধ ,কাঁচা লঙ্কা , পিয়াঁজ দিয়ে বাগানের এক পাশে বসে বসে খেতাম! আমরা দুজন বাগান টাকে খুব ভালোবাসতাম। কখনো চাইনি এই বাগান হারিয়ে যাক। সরকারের আর আমাদের নেতাদের চাপে পড়ে আমাদের প্রিয় জায়গাটা হাতছাড়া হয়ে যায়! আমি টাকা নিতে চাইনি, জোর করে কিছু টাকা ধরিয়ে দিয়ে, হাতে চাকরীর কাগজটা ধরিয়ে দেয়। আমি মূখ্যু মানুষ! কি কাগজ বুঝিনি। রাগে ফেলে দিই। মিনতি দুশিন্তা করে করে কি একটা জ্বর বাধালো! কিছু খেতে পারেনা,যা খায় সব বমি করে দেয়! সরকারের দেওয়া টাকাগুলো শেষ হয়ে গেলো কিন্তু মিনতি আর হাসপাতাল থেকে ফিরে এলো না। ফাঁকা ঘর,প্রিয় বাগান টা নেই! কি করবো একা আমি! খুব ভেঙে পড়লাম। এক দিন আবার একটা চিঠি এলো! পিয়ন বললো যে আমার নাকি চাকরী দিয়েছে! জায়গা দিয়েছে তার বদলে!তার পর এই চাকরী। ভালো লাগতো না। কোনো দিনও এই কাগজ পত্র ,অফিস এসব ভালো লাগতো না। মিনতি ছিলো,বাগান ছিলো....এখন কিছুই নেই! ইচ্ছে করেই কাজ করতাম না, যাতে রেগে গিয়ে আমাকে চাকরী কেড়ে নিয়ে আমার জমি টা ফেরৎ দেয় ।ওই জমিটা পেলে আমি আর কিছু চাই না ।অবশেষে ওই জমিটা র কাছেই আমার ডিউটি পড়লো। অনেকটা অংশ তে অফিস তৈরী হয়ে গেছে। বাকি যে টুকু ছিলো সেটা অনাদরে পড়ে ছিলো জঙ্গল হয়ে। আমি ওটার মধ্যে আমার অতীতকে খুঁজে পেলাম। আমি বর্তমানকে একটুও ভালো বাসতে পারিনা। অতীতেই বেঁচে থাকতে চাইতাম। ওই জঙ্গল একা হাতে পরিষ্কার করে , মাটি তৈরী করে গাছ বসিয়েছি। ফুল সবজি চাষ করেছি। আপনরা চলে গেলে লাঞ্চের সময় আমি একা একা রোদের মধ্যে গাছের সাথে কথা বলতাম। মাঝে মাঝে মনে হতো মিনতি এসে আমার ঘাম মুছিয়ে দেবে! আমার জন্য পান্তা ভাত নিয়ে আসবে এক সাথে বসে খাবো দুজনে। না বুড়ো হয়ে গেছি! ভুল ভাবছি ।কেউ আসেনি। আমি অনেক দিন মিনতির অপেক্ষায় না খেয়ে সারা দিন কাটিয়ে দিয়েছি তার হিসেব নেই। আসলে স্যার আমি বড্ড বুড়ো হয়ে গেছি। তাই মানসিকতা আর বদলাতে পারিনি স্যার। সেই পুরোনো স্মৃতি আঁকড়ে পড়ে আছি। কাজ করতে ভালো লাগে না আমার ।আপনাদের অসুবিধা হয়েছে জানি। বিশেষ করে ঘোষ স্যার আপনি তো সব চেয়ে বেশি বিরক্ত হয়েছেন আমার জন্য। আমার খারাপ লাগতো কিন্তু আমি মিনতির

ডাক ফেলে আপনার কাজ করতে পারতাম না। ওই বাগানে আমার মিনতি আমার জন্য হয়তো অপেক্ষা করছে। তাই ওখানেই পড়ে থাকতাম। আমার জন্য আপনাদের অনেক বকুনি খেতে হয়েছে জানি সাহেবের কাছে। সেই জন্য আপনারা আমাকে অনেকেই উল্টো পাল্টা বলেছেন ।কিন্তু দোষ টা তো আমারই তাই কিছু বলিনি কাউকে। আজ সব বললাম আপনাদের কাছে। শুনে অবাক লাগতে পারে আপনাদের। ঘোষ স্যার আপনি না থাকলে আমার পেনশন এর কাগজ গুলো হয়তো ঠিক করে ভরতে পারতাম না। আপনাকে অসংখ্য ধন্যবাদ। ভালো থাকবেন স্যার ।ভালো থাকবেন সবসময় সবাই। আমাকে আপনারা ক্ষমা করে দেবেন দয়া করে। আমি কোনো গিফ্ট বক্স নেবো না। আমি সব কিছু ছেড়ে চলে যাচ্ছি আজ! কোথায় যাবো জানি না! এই প্রিয় বাগান টা ও আজ আমার হারিয়ে গেলো ।আর আমি এই শহরে থাকতে পারবো না। যা টাকা পেতাম একটা অনাথ আশ্রম কে প্রায় সবটাই দিয়ে দিতাম। আর এখানের কোয়াটার টা ও ছেড়ে যেতে হবে। তাই নিতে পারলাম না কিছুই। ক্ষমা করবেন। একটা অনুরোধ আপনাদের কাছে। আমার বাগানের কোণে যে জামরুল গাছ টা আছে ওটা দয়া করে কাটতে দেবেন না। ওই গাছের নিচে আমার মিনতির সাথে কত গল্প করেছি। ওই স্মৃতি টুকু আমার একটু বাঁচিয়ে রাখুন আপনারা! ভালো থাকবেন সবাই। এবার আসি।"

যে মানুষটা পুরো কর্ম জীবন শুধু সহকর্মীদের কাছ থেকে গালাগাল ছাড়া কিছু খায়নি। সেই মানুষটা একটা ছোটো বক্তৃতায় সবাইকে একেবারে চুপ করিয়ে দিলো। যে মানুষটার অবসরের জন্য এত দিন পর্যন্ত অপেক্ষা করছিলাম আজ সেই দিন এলেও, যেনো নিজেকে ভীষণ অপরাধী মনে হচ্ছে। আমি সিনেমার হিরো হতে চেয়েছিলাম ,কিন্তু হয়েছি ইঞ্জিনিয়ার। মেনে নিতে শিখে গেছি। নিজেকে অ্যাডজাস্ট করতে শিখে গেছি। মহেশ বাবু পারেন নি অ্যাডজাস্ট করতে। কাউকে ভালোবেসে তাকে পেতে চাওয়া টা কি ভালোবাসা? নাকি কেউ চলে গেলে তার সাথে কাটানো মুহূর্ত গুলোকে জড়িয়ে ধরে বাঁচতে চাওয়ার নাম ভালোবাসা? কেমন যেনো গুলিয়ে যাচ্ছে সব কিছু।

মহেশ বাবু চলে গিয়েছেন অনেক দিন আগেই। যখনই অফিসের পাশে জামরুল গাছের দিকে তাকাই চোখের সামনে ভেসে ওঠে মহেশ বাবু খালি গায়ে একটা গামছা পরে বসে আছেন,আমার দিকে পিছন ফিরে এক জন মহিলা ওনার জন্য পান্তা ভাত নিয়ে এসেছেন। মহেশ বাবু আমার দিকে চেয়ে লজ্জা পেয়ে মৃদু হেসে মাথাটা নিচু করে নেন। আমিও চলে যাই ওদের কে খেতে দেওয়ার সুযোগ করে দিয়ে। এখন তো আর আমি মহেশ বাবুর বস নই।

7

নীরব সাক্ষী

প্রথম যেদিন রুপম আর প্রিয়া দেখা করলো আমার সামনে, ওদের দুজনকে খুব খুশি খুশি লাগছিলো। যত টুকু বুঝলাম ওদের কথা শুনে, তাতে মনে হলো ওদের পরিচয় হঠাৎ করে একটা ফোন কলের মধ্য দিয়ে শুরু হয়েছিলো প্রায় পাঁচ মাস আগে। ধীরে ধীরে দুজনের খুব ভালো বন্ধুত্ব হয়ে যায়।আজ প্রথম দেখা হচ্ছে দুজনের । সাক্ষী শুধু আমি নয় ,আমার পাশে আরও অনেক লোক জন আছে। যদিও সবাই অচেনা এবং যে যার কাজে ব্যস্ত।রুপম আসার আগে, একটা দুটো বকাটে ছেলে যখন দেখতে পেলো মেয়েটি একা অপেক্ষা করছে কারো জন্য, তখন তারা হাতের খৈনি টা রেডি করার স্পিড বাড়িয়ে দিলো। একটা দুটো টোন কাটা শুরু হলো,শরীর নিয়ে কিছু নোংরা কটূক্তি শুরু হলো। মেয়েটি বুঝতে পারছিলো যে সব কিছু ঘটছে তাকে ঘিরেই। অস্বস্তি হলেও একটু সহ্য করতে হবেই কিছুক্ষন । কারণ প্রথম দেখার উত্তেজনায় প্রায় কুড়ি মিনিট আগেই সে চলে এসেছে। রাগ হচ্ছে -- মনে হচ্ছে যেনো পায়ের জুতো জোড়া খুলে.....!! না কিছু লাভ তো নেই! আশে পাশে এত লোক ,কেউ তো কোনো প্রতিবাদ করছে না! সবার চোখ অন্ধ,সবাই বধির তাই হয়তো কেউ বুঝতেই পারছে না ।এটা তো আসলে তেমন কোনো ব্যাপার নয়। মেয়ে হলে এগুলো সহ্য করা টাই নিয়ম। তাই মেয়েটি চুপ চাপ কানে হেডফোন লাগিয়ে গান শুনতে থাকে । ছেলে গুলো আস্তে আস্তে আরও কাছে সরে আসে। আমার খুব রাগ হয়ে গেলো,এটা দেখে। ঠিক সেই সময় 5 নম্বর বাস থেকে নেমে এলো তার অপেক্ষার মানুষটা। ফোনে শুধু কথা হয়েছে এত দিন ,আজ যখনই সামনে এসে দাঁড়ালো সাথে সাথে দুজনে দুজনকে চিনতে পেরে গেলো।মেয়েটির বিরক্তিকর মুখ টায় এবার একটা সুন্দর হাসি ফুটে ওঠে।ছেলে গুলো এবার বেশ হতাশ হয়ে গেলো । "বুকড হয়ে আছে ,ফ্রেশ নয়,চল রে।একটু দেখবেন ম্যাডাম আমরাও লাইনে আছি!"

এই বার একটা ভূমিকম্প অনুভূত হলো বুঝতে পারলাম। এতক্ষন মেরুদন্ড বিহীন ,মানুষের মতো দেখতে অথচ মানুষ নয়, যারা বাস স্ট্যান্ডের বুকে দাঁড়িয়ে ব্যস্ত থাকার অভিনয় করতে করতে মনে মনে মেয়েটিকে দেখতে দেখতে টাইম পাস করছিলো, যাঁরা মনে করছিলো মেয়েটির জিন্স আর টপ পরে আসার জন্য একটু ছেলেদের মনে ইচ্ছা জাগতেই পারে! এটা এমন কিছু অস্বাভাবিক নয়। ঠিক সেই মুহূর্তে বাস স্ট্যান্ডের এত কোলাহল ব্যস্ততার শব্দকে ছাপিয়ে গিয়ে একটাই শব্দ শোনা গেলো "ঠাস" । সাথে সাথেই প্রতিবাদী কন্ঠস্বর " জানোয়ারের দল। লজ্জা করে না প্রকাশ্য রাস্তায় একটা মেয়ের সাথে অসভ্যতা করার? অবশ্য তোদের শুধু বলে কোনো লাভ নেই,এই যে বাস স্ট্যান্ডে দাঁড়িয়ে থাকা লোক গুলো ও তো তোদের দলে। সবাই ফ্রীতে মজা নিচ্ছে। আসলে মেয়েটা ওদের বাড়ির কেউ নয় বলে। তাই কেউ দেখতে পাচ্ছে না হয়তো।"

আরো কিছু বলতে যাওয়ার আগে হঠাৎ করে পিছনের ভিড় থেকে কিছু শব্দ ভেসে এলো " হ্যাঁ বেশ করেছেন। অনেকক্ষণ ধরে মেয়েটাকে বিরক্ত করছিলো ছেলে গুলো,দিন ওদের পুলিশের হাতে তুলে দিন।"

আমার নিজের চোখের সামনে এত বড় একটা অন্যায় হচ্ছে । অথচ আমি কিছু বলতে পারিনি। প্রতিবাদ করতেও পারিনি সেদিন। নিজেকে কাপুরুষ মনে হয়েছিলো সেদিন। তার পর দেখলাম ছেলে গুলো সব যে যার মতো অন্য ওখান থেকে সরে গেলো। সবাই তখন খুব হাসছে ওদের চলে যাওয়া দেখে। এবার ভিড়ের মধ্য দিয়ে শব্দ শোনা গেলো ," সত্যিই ! কি দিন কাল পড়েছে , মেয়েদের কোনো নিরাপত্তা নেই। রাস্তা ঘাটে আমার আপনার মেয়েদের বার হওয়া টাই বড় সমস্যা। কি সাহস ! দিনের বেলায় ! বাস স্ট্যান্ডে, ছি ছি...!! "

মেয়েটি এখন ভীষণ খুশি । এত দিন ধরে সে যাকে চিনেছে,জেনেছে আজ সে এমন একটা কাজ করেছে যে তার জন্য আজ ভীষণ গর্ব হচ্ছে। কথা ছিলো আজ প্রথম দেখা করবে যদি পছন্দ হয় একে অপরকে তাহলে রিলেশনে যাবে,নয়তো যেমন আছে তেমনি চলবে। কিন্তু এখন আর তো কোনো অপশন নেই মেয়েটির হাতে। এই তো তার স্বপ্নের রাজ কুমার। প্রথম দেখাতেই যে ভাবে সিনেমার মত এন্ট্রি নিলো! ওখানেই বাস স্ট্যান্ডের মধ্যেই মেয়েটি ,ছেলেটির হাত ধরে বললো, " অনেক অনেক ধন্যবাদ তোমাকে। আমার আর কিছু বলার নেই। আমি রাজি তোমার সাথে জীবনের বাকী পথ চলার জন্য। তুমি থাকলে আমি সারা জীবন সুখে থাকতে পারবো।"

ছেলে টির মুখ এতক্ষন রাগে লাল হয়ে ছিলো এবার ও হলো,তবে এবার লজ্জায়।

" চলো আমার সাথে" এই কথা বলে দুজন হাত ধরে চলে গেলো। আমার দেখা অন্যতম সেরা লাভ স্টোরি এটা। নিজে কিছু বলতে বা করতে না পারলেও ছেলেটাকে দেখে মানুষ হতে ইচ্ছা করছিল ভীষণ ভাবে। এত সহজেই এই ভাবে প্রতিবাদ করা যায় জানতাম না। আমি তো এত দিন জানতাম যে ধর্ষণ হওয়ার পর,মোমবাতি জ্বালিয়ে প্রতিবাদ করতে হয়! এটা কি ঠিক হলো? অন্য কোনো রাজ্যে এমন ঘটনা ঘটলে তবেই

তো এ রাজ্যে প্রতিবাদ করা যায়! বিষয়টা ঠিক হজম হলো না। তার পর থেকে আমি ওদের দুজনের জন্য অপেক্ষা করতাম। দুজনে প্রায় আসতো। এক সাথে হাত ধরে রবীন্দ্র সরোবর লেকের দিকে চলে যেতো। খুব খুশি ছিলো ওরা দুজন। দুজনের চোখে আমি গভীর ভালোবাসার দৃষ্টি দেখতে পেতাম। খুব ভালো লাগতো ওদের দেখে। মনে হতো ভালোবাসা এখনও শেষ হয়ে যায় নি পৃথিবী থেকে। এর আগে অনেক কেই দেখেছি এখানে,কিন্তু বেশির ভাগই কোনো না কোনো স্বার্থের জন্য অন্য কে পেতে চাইতো। চোখের দৃষ্টি ওরা না পড়তে পারলেও আমি পারতাম। কয়েক বছর ধরে যে ব্রেক আপ দেখে আসছি তাতে বুঝলাম বেশির ভাগই শারীরিক আকর্ষণের পিছনে ছুটছে। মনের খবর কেউ নেয় না। সব কিছু অভিনয়। তবু এদের দুজনকে দেখে মনে হয় এরা দুজন ব্যতিক্রম। মনে মনে চাইতাম ওরা সুখী হোক। প্রতিদিন অপেক্ষা করতাম ওদের দেখার জন্য। প্রায় আসতো প্রতিদিন বিকালে। এক দিন মেয়েটি এলো,কিন্তু ছেলেটি এলো না। মেয়েটি বার বার একটার পর একটা বাসের কাছে দৌড়ে যায় ,কিন্তু ছেলেটি আর আসে না। বার বার ফোন করতে থাকে। ফোন সুইচ অফ! মেয়েটি সন্ধ্যার সময় চোখের কোণে জল নিয়ে হতাশ হয়ে চলে যায়। আমি ভাবলাম বুঝি ঝগড়া বা অভিমান চলছে। এক দু দিন পর ঠিক হয়ে যাবে। আমার ধারণা ভুল; পরের দিন ও মেয়েটি এলো এবং আবার একই ঘটনা ঘটলো। ছেলেটি আর এলো না। বেশ কিছু দিন ধরে মেয়েটা চোখের জল ফেলে চলে যেতে যেতে এক দিন দেখলাম মেয়েটির চোখেও ছেলেটির জন্য ঘৃণার দৃষ্টি! হওয়াটাই স্বাভাবিক। ছেলেটি সবার চেয়ে আলাদা ছিলো, কেনো যে বদলে গেলো এমন করে আমিও তখন বুঝতে পারলাম না। মেয়েটি চলে গেলো..!

পর দিন সকালে বাস স্ট্যান্ডের শেড এর নিচে খবরের কাগজ নিয়ে যে বুড়ো লোক টা প্রতিদিন বসে থাকে ,তিনি দেখি খবর টা দেখে স্তম্ভিত হয়ে গিয়েছেন আর এক বার করে আমার দিকে চোখ তুলে অবাক হয়ে দেখছেন। খবরের কাগজটা আমার দিকে ফেলে দিয়ে কি সব বক বক করতে করতে চলে গেলেন ।আমি কাগজটা দেখে চমকে উঠলাম। তিন দিন আগে রাতে বাড়ি ফেরার সময় পার্ক সার্কাস স্টেশনের কাছে তিন চারজন মিলে ছেলেটিকে ছুরি মেরে লাইনের পাশে ফেলে চলে গেছে এবং খবরের কাগজের ফরম্যাট অনুযায়ী পুলিশ ঘটনার তদন্ত শুরু করেছে। আমার অভিজ্ঞতা বলছে পুলিশের তদন্ত কোনো দিনও দোষী ব্যক্তিদের খুঁজে পায় না। মেয়েটি সব চেয়ে বেশি যে ছেলেটিকে ভালো বাসতো ,যাকে নিজের স্বপ্নের রাজ কুমার মনে করতো, আজ সেই ছেলেটিকে ভীষণ ভীষণ ঘৃনা করে। মেয়েটি আর কোনো দিন আমার কাছে আসে নি। আমার সামনে আর কোনো দিন ছেলেটির জন্য অপেক্ষা করে নি। এক বার যদি আসতো আমি চেষ্টা করলেও ওকে বলতে পারতাম না সব সত্যি কথা। আমি সব দেখি, সব বুঝি । কিন্তু কাউকে কিছু বলতে পারি না। অনেক প্রেম আমার সামনে শুরু

হয়েছে,অনেকের শেষ ও হয়েছে আমার সামনে। কিন্তু রুপম আর প্রিয়ার ভালোবাসার পরিণতি টা এই ভাবে শেষ হয়ে যাবে হঠাৎ করে সেটা ভেবে ভীষণ কষ্ট

হয়। যদিও আমার কষ্ট পেতে নেই। কারণ আমি এই জন্মে মানুষ হয়ে জন্ম নিতে পারি নি। হ্যাঁ ,আমি কলকাতার গোলপার্ক বাস স্ট্যান্ড। আমি চির কাল প্রেমিক প্রেমিকার প্রথম দেখা আর শেষ দেখার সাক্ষী হয়ে থেকে যাবো । ঠিক এখানেই , এ ভাবেই। কেউ ভাবেও নি আমার কথা,ভাববে ও না আমার কথা। তাতে কি সবার ভালোবাসা ,অভিমান ,রাগ ,ঘৃণার প্রকাশ আমার সামনে চলতে থাকুক দিনের পর দিন।

৪

হারানো শৈশব

দুদিন ধরে প্রবল বৃষ্টি ।কোনো রকমে অফিস করে ফিরে এসে ঘরে থাকা ডিম গুলো নিয়ে নানা রকম রান্না নিয়ে গবেষণা করছি।একদিন এতো ভালো রান্না করেছিলাম যে সেদিন মুড়ি খেয়ে রাতে থাকতে হয়েছিলো।ডিমের তরকারি টা ফেলে দেওয়ার পর পাড়ার কুকুর টা পর্যন্ত আমার পিছু ছাড়ছে না। না মনে হচ্ছে ওকে রান্নাটা শিখিয়ে দিতেই হবে।আমাকে দেখলেই এমন চিৎকার করছে যে আমি বাড়ি থেকে আর বেরোচ্ছি না ভয়েতে। সিক্রেট রেসিপি কুকুর কে যদি শেখাতে হয়! মনের দুঃখ রাখি কোন পকেটে?

গৃহ বন্দী অবস্থায় একা একা ঘরে মনের দুঃখে খিচুড়ি রান্না করতে করতে স্কুলের রেনি ডে গুলোর কথা মনে পড়ে গেলো।আমাদের ক্লাস ফাইভের ক্লাস টা হতো একটা বারান্দায় যার তিন দিক খোলা ছিলো।দোতলায় ছিলো বারান্দাটা।হালকা বৃষ্টি হলে ঠিক আছে কিন্তু একটু জোরে বাতাস হলে সব জল ভিতরে পড়তো।সবাই চিৎকার করতে করতে মাঝের দিকে চলে আসতাম।একে অন্যকে ভিজিয়ে দিতাম ইচ্ছা করেই।বেশির ভাগ ছাত্র ছাত্রী ভিজে গেলেই আমাদের সাধন আঙ্কেল এসে বলে যেতেন " ক্লাস ফাইভের B সেকশন এর আজ আর কোনো ক্লাস হবে না।"

এটা শুধু একটা ছুটির ঘোষণা নয় ,এটা আমাদের কাছে একটা উৎসবের মত মনে হতো।গ্রামের কাদা রাস্তায় চপ্পল পরে ফিরতে ফিরতে একটা চপ্পল হটাৎ করে কাদায় আটকে যেতো।সেটা তুলতে গেলে প্রকাশ পিছন থেকে ঠেলে ফেলে দিতো প্রায়।আমিও কাদা ছুঁড়ে ওকে ভুত বানিয়ে ছাড়তাম।ফেরার সময়,পুকুরে স্নান করে ভদ্র ছেলের মত বাড়িতে ঢুকে পড়তাম।অনেক বছর হয়ে গেলো আমি গ্রাম ছেড়ে শহর ,শহর ছেড়ে ভিন রাজ্যে চলে আসলাম পেশার তাগিদে।বিভাসের সাথে কোনো যোগাযোগ নেই।সত্যিই এক সময়ের এত কাছের বন্ধু অথচ কোনো খবর জানি না।গ্রামে যাওয়া হয় না।বয়স্ক কাকু জেঠুরা অনেকেই আর বেঁচে নেই।গ্রামে একবার গিয়েছিলাম ।কেমন যেনো একটা

শূন্যতা ঘিরে ধরে আমাকে। আসলে সবাই ব্যস্ত নিজেদের জীবিকা নিয়ে। আমি গ্রামে গেলে ছেলে বেলা গুলোকে বোকার মতো করে খুঁজে বেড়াই। সেই খেলার মাঠ, সেই খেলার বন্ধুদের! কাউকেই খুঁজে পাওয়া যায় না। তাই বর্তমান জীবনে আবার ফিরে যাই অতি দ্রুত। খিচুড়ি খেতে বসবো এমন সময় হটাৎ করে কলিং বেল বেজে উঠলো। দরজা খুলে দেখি একজন রেন কোট পরে হাতে একটা কালো ব্যাগ নিয়ে দাঁড়িয়ে আছে। কাছে গিয়ে দেখি আমার ছেলেবেলার বন্ধু প্রকাশ ! আমাকে দেখে এক গাল হেসে বললো " কিরে শালা চিনতে পারছিস?"

" সত্যিই বিশ্বাস কর তোর কথা আজ ভাবছিলাম একটু আগে। হটাৎ করে তোকে দেখে বিশ্বাস করতে পারছিলাম না। কিন্তু এই "শালা" শব্দটা না বললে সত্যিই চিনতে পারতাম না। আয় আয় ভিতরে আয়। পুরো ভিজে গেছিস তো?"

" হ্যাঁ ! যা বৃষ্টি তার ওপর রাস্তায় বড় বড় গাছ পড়ে আছে। বৌদি নেই? "

" না না ওরা কদিনের জন্য বাপের বাড়ি গিয়েছে। আমি ছেড়ে এসেছি। শালীর বিয়ে আছে ১৭ তারিখে। আমিও যাবো বুধ বার। তা তুই ঠিকানা পেলি কোথায়?সেই মাধ্যমিকে শেষ দেখা! প্রায় বাইশ বছর আগে! "

"তুমি শালা চাকরী পেয়ে বাবু হয়ে গেছো! আমাদের সাথে দেখা করবে কেনো বলো?টাকা হলে সব পুরনো সম্পর্ক গুলো অপ্রয়োজনীয় হয়ে যায় তাই না রে?"

" রাগ করিস না ভাই! আসলে চাকরীর জন্য এখানে ওখানে ঘুরতে ঘুরতে কখন যে শৈশবকে হারিয়ে ফেলেছি নিজেই জানি না রে। তবে বিশ্বাস করবি কিনা জানি না! একা একা থাকলে আমাদের পুরনো দিন গুলো ভীষণ ভাবে মনে পড়ে। তোকে খুব মিস করি। দুনিয়া কত আধুনিক হয়ে গেলো তোকে ফেসবুক তে কত খুঁজেছি ! খুঁজে পেলাম না।"

" ফেসবুকেই কি সবাইকে পাওয়া যায়? তাহলে আর লোকের বাড়ি কেউ যেতো না। তোরা কত অ্যাডভান্স আমি সেই আদিম যুগেই থেকে গেলাম। কোনো দিনও তো শালা ডাকলি না বাড়িতে!"

" শালা,তোর ফোন নম্বর থাকলে ঠিক ডাকতাম। ভোলাকে ফোন করে একদিন চেয়েছিলাম তোর নম্বর । বললো পরে দেবো। তার পর আর দেয় নি। আমি চেয়েছিলাম কিন্তু কেনো জানিনা আমাকে avoid করতে শুরু করে যখন তোর নম্বর চাই। তোর সাথে কোনো ঝগড়া নেই তো?"

" না না আমার সাথে কারো ঝগড়া নেই। খুব খিদে পেয়েছে ভাই । কিছু খাওয়াবি?"

" জামা কাপড় ছেড়ে নে। আমি পা জামা আর টি শার্ট বার করে দিচ্ছি । এত বৃষ্টি হচ্ছে যে বাজারে বেরোই নি কদিন। খিচুড়ি করেছি। ডিমের ওমলেট বানাচ্ছি। তুই চেঞ্জ করে হাত মুখ ধুয়ে আয়। এর মধ্যেই হয়ে যাবে।"

"নারে ভাই কিছু বার করতে হবে না। ভিতরে জামা ঠিক আছে। ভেজে নি। রেন কোট টা খুলে রাখছি ।"

" একি রে ভাই ! শরীরের একি হাল করেছিস!বুকের হাড় গুলো পর্যন্ত গোনা যাচ্ছে। রেনকোট পরে ছিলিস বলে বোঝা যায়নি। শরীর ঠিক আছে ?"

আমার কথার কোনো উত্তর না দিয়ে বসে খেতে শুরু করলো প্রকাশ ।প্রথম বার যখন মুখে দিলো - আমি অবাক হয়ে চেয়েছিলাম কি বলবে তার জন্য ! আমার রান্না খেয়ে পাড়ার কুকুর পর্যন্ত ক্ষেপে আছে। এত দিন পর ছোটো বেলার বন্ধু এলো। খেয়ে না ধরে পেটাতে শুরু করে দেয়। অবাক হয়ে দেখলাম চোখে মুখে এক অদ্ভুত তৃপ্তি। সেই স্কুলের সরস্বতী পুজোর ভোগ খাওয়ার সময় যেমন শেষ দেখেছিলাম বাইশ বছর আগে। না সেই চোখ,সেই মুচকি হাসি! কত দিন পর একসাথে খেতে বসলাম।"

" দারুন বানিয়েছিস বে! একটু ঝাল আলুর দম হলে আরো জমে যেতো। তবে হেভি লাগছে খেতে! কত দিন আর এমন করে খাওয়া হয় না। বাড়িতে ও আর রান্নাই করে না গিন্নি। আমার খিচুড়ি এতো ভালো লাগে অথচ দেখ...."

" কেনো রে বউ খায় না নাকি? "

" না খায় তবে.....এখন আর বানাতে চায় না ।মেয়েটা বায়না করে তবুও কিছুতেই বানায় না।"

" আচ্ছা ফোন নম্বর দে ! আমি বলে বুঝিয়ে দেবো তার পর দেখবি ঠিক বানাবে!আমার এলাকায় রান্নার জন্য হেভি সুনাম। পাড়ার কুকুর গুলো পর্যন্ত আমার কাছ থেকে রান্না শিখবে বলে বাড়ির চার দিকে ঘোরা ঘুরি করছে।"

"আচ্ছা ঠিক আছে দেবো ।ফোন করিস তাহলে। আ ---- কত দিন পর পেট ভরে তৃপ্তি করে খিচুড়ি খেলাম! এউ! একদিন বাড়িতে আয় না! খুব ভালো লাগবে আমাদের। ডিসেম্বরে এক দিন গেলি গ্রামে ,আমার সাথে দেখা করলি না। রেশন ডিলারের কাছ থেকে ঘুরে চলে গেলি। আমরা কি আর কেউ নই রে?গরীব বলে কি আর দু মুঠো ডাল ভাত খেতে দিতে পারবো না?"

"এমন করে বলিস না রে। আচ্ছা এবার পুজোর সময় গ্রামের বাড়িতে থাকবো। এক সাথে কাটাবো পুজোটা। অষ্টমীর দিন পাড়ার ফাংশান দেখবো। কত দিন ওই অনুষ্ঠানটা দেখি নি। এবার আসবোই কথা দিচ্ছি তোকে।"

" তুই কিছুতেই আসবি না আমি জানি রে ভাই। যতোই কথা দিস না কেনো। চল ওঠা যাক এবার।"

বেসিনে হাত মুখ ধুতে ধুতে ওকে বললাম " দুপুরে তো কিছুই খাওয়াতে পারলাম না ! রাতে খাসির মাংস বানাবো ।আর হোটেল থেকে তন্দুরি রুটি নিয়ে আসবো। বেশ লাগবে দুজনে খেতে পারলে।"

ও মুখের দিকে কেমন একটা করে চেয়ে আপন মনে বলতে লাগলো " সব ইচ্ছে কি আর পূরণ হয় ভাই! নাহ মাংস আর খাওয়া হবে না !"

" কিছু বললি?"

" কই না তো! ওটা তোর ছেলে? ওমা কি মিষ্টি দেখতে হয়েছে ! আমার মেয়েটা এবার ক্লাস সিক্সে উঠলো। আগে ইংলিশ মিডিয়ামে ছিলো এখন আবার সেই বাংলা মিডিয়ামে পড়ছে। খুব ভালো ছিলো পড়াশুনায়। কপাল খারাপ! লক ডাউনের সময় থেকে সব শেষ হয়ে গেলো রে! সংসার চালানো যে কি কষ্টের কি বলবো!"

" সেকি রে? কেনো তোর দোকানটা চলছে না?"

"না রে ! ভাই এখন বেকার ! কোনো কাজ নেই! বউ এ বাড়ি ও বাড়ি কাজ করে যা পায়! "

এই বলে প্রকাশ গম্ভীর হয়ে গেলো। আমিও কি বলবো ঠিক করতে পারছিলাম না। গ্রামের মধ্যে এত বড় মুদী দোকান! কিছুই নেই? আচ্ছা ,পরে জিজ্ঞাসা করবো! এখন থাক।

"আচ্ছা একটু শুয়ে পড়। বিকালে অনেক কথা হবে। "

"ঠিক আছে ভাই। তুই ও একটু ঘুমিয়ে পড় ।"

আমি ওর পাশে শুয়ে শুয়ে পুরনো দিনের কথা ভাবছিলাম। আজই প্রকাশের কথা ভাবছিলাম আর কি অদ্ভুত কাকতালীয় ভাবে একেবারে আমার বাড়িতে চলে এলো। পুরো ম্যাজিক! এখন আমার পাশেই শুয়ে আছে। কেমন যেনো গম্ভীর হয়ে গেলো হঠাৎ করেই। এখানকার ঠিকানা শুধু ভোলা জানে। ওর থেকে জেনেছে হয়তো! যাক আমি খবর নিতে পারিনি তবু ও তো এসেছে কত দূর থেকে আমার কাছে। খুব খুশি আজ আমি। বিকালে খুব ভালো করে রান্না করে খাওয়াবো। এই ভাবতে ভাবতে ঘুমিয়ে পড়লাম।

বিকালে ঘুম থেকে উঠে দেখি প্রকাশ নেই। নাহ ! বাথরুম বা টয়লেটে ও নেই,বাইরে রেনকোট,চপ্পল সব কিছু গায়েব। গেলো কোথায়? নতুন জায়গা! কিছুই তো চেনে না! এই বৃষ্টির মধ্যে বেরিয়ে গেলো ! ডাকতে পারলো না! ব্যাটা নাম্বার টা ও দিয়ে যায়নি। অনেক ক্ষন পরে ভোলাকে ফোন করলাম। বললাম প্রকাশের কথা। না বলে চলে গিয়েছে । ওর নাম্বারটা প্লিজ দে একটু এখনই।

"ভাই ! অমিত, তুই অনেক বার নম্বর চেয়েছিস আমার কাছে। আমি দিতে পারিনি! আজ দেবো কিন্তু জানি না তুই কথা বলবি কিনা ! গত বছর আইলার সময় সন্ধ্যার দিকে আমি আর প্রকাশ ,ওর দোকানে বসে গল্প করছিলাম। ও বাড়িতে ফোন করে বলে বৃষ্টি হচ্ছে খুব আজ খিচুড়ি আর আলুর দম বানাও ।আমি আর ভোলা এক সাথে রাতে খাবো। একটু বৃষ্টিটা কমতে ,আমি বাইরে সাইকেল বের করতে গেছি হটাৎ করেই আচমকা দোকানটা হুড়মুড়িয়ে ভেঙে পড়লো চোখের সামনে। আমি কি করবো বুঝতে পারছিলাম না ।একা একা দেওয়ালের ইঁট সরাতে সরাতে চিৎকার করে ডাকছিলাম প্রকাশকে। কোনো সাড়া পারছিলাম না ওর। গ্রামে ঢুকে সবাইকে খবর দিলাম ।সেদিন কি বৃষ্টি কি বলবো। সে সব উপেক্ষা করে সবাই মিলে যখন প্রকাশ কে বার করি তখন ও আর নেই বেঁচে। অদ্ভুত ভাবে কেমন যেনো ঘুমিয়ে আছে। সে ঘুম থেকে আর জাগে

নি। তুই স্বপ্ন দেখেছিস ভাই অমিত। ওটা প্রকাশ হতেই পারে না ।"

" স্বপ্ন? কি বলছিস তুই?আমার সাথে এক সঙ্গে খিচুড়ি খেলো। বললো ওর মেয়ে ক্লাস সিক্সে পড়ে, এ বছর টাকার সমস্যার জন্য বাংলা মিডিয়ামে ভর্তি করেছে!ওর বউ লোকের বাড়ি কাজ করে সংসার চালায় এগুলো স্বপ্ন?"

"কি বলছিস ভাই? এটা কি করে সম্ভব? এগুলো তো আমি কোনো দিনও তোকে বলিনি ! আমার তো বিশ্বাস হচ্ছে না ।আচ্ছা রাখি এখন!"

মানুষের জীবনে এমন কিছু ঘটনা ঘটে যেটার ব্যাখ্যা বুদ্ধিতে দেওয়া যায় না। যেটা ঘটেছে সেটা অবিশ্বাস্য হলেও ঘটেছে আমার জীবনেই। সামনের খালি খিচুড়ির থালা গুলো এখনও মাজা হয়নি। প্রকাশ ঠিকই বলেছিলো " আমি জানি রে ভাই ! তুই আর কোনো দিন গ্রামের বাড়িতে আসবি না। যতোই কথা দিস না কেনো।"

তার পর থেকে আমি আর গ্রামের বাড়িতে যাই নি। আমার শৈশবকে ওখানেই ফেলে এসেছি। এখন আর খুঁজতে যেতে ও পারবো না !

সত্যিই ফেসবুকে সব বন্ধুদের খুঁজে পাওয়া যায় না। কারো কারো বাড়িতে গেলে হয়তো পাওয়া যায়,আবার কেউ কেউ প্রকাশের মতো বাড়ির ঠিকানা বদল করে নিয়েছে কোনো কিছু না জানিয়েই।

৭

অবসর

আজ ভবেশ বাবুর শিক্ষক জীবন থেকে অবসর নেওয়ার দিন। বিগত ৩৫ বছরের কর্ম জীবন শেষ আজ। দূর্গাচক হাই স্কুল তে কেটে গেলো জীবনের অনেকটা সময়। অনেক ভালো ছেলে বেরিয়েছে এই স্কুল দিয়ে। কেউ কেউ বিদেশে চলে গিয়েছে ভালো কাজ পেয়ে। মাঝে মধ্যে সোশ্যাল মিডিয়াতে তাদের সুন্দর ছবি গুলো দেখলে মন টা ভীষণ খুশিতে ভরে ওঠে। প্রতি বছর নতুন নতুন মুখ আসতো ক্লাসে। পুরনো প্রিয় ছাত্র ছাত্রীরা বিদায় নিলে মনটা একটু ভারাক্রান্ত হয়ে পড়তো। বছরের পর বছর মেনে নিতে নিতে ,কষ্ট সহ্য করার শক্তি বেড়ে গিয়েছিলো। কিন্তু গত কয়েক দিন ধরে নিজে ভেবেই চলেছেন কি করে তিনি নিজের এই বিদায়ের মুহূর্তটা সহ্য করবেন! বাচ্চাদের দুষ্টু মিষ্টি মুখ গুলো সব থেকে দূরে কি করে থাকবেন ভবেশ বাবু? উনি পুরো কর্ম জীবনে হাতে গোনা কয়েক দিন ছুটি নিয়েছেন। সব ছাত্র ছাত্রীদের কাছে ভীষণ প্রিয় শিক্ষক উনি। ক্লাসের শেষে প্রতিদিন একটা করে গল্প বলেন । সেগুলো শুনবার জন্য ছাত্র ছাত্রীরা খুব ভালো করে পড়া করে আসতো। রেজাল্ট ও বরারর ভালো হতো সবারই। সাইন্স গ্রুপ এত সুন্দর করে বুঝিয়ে দিতেন যে বাড়িতে গিয়ে এক বার দেখলে পরীক্ষায় ৭০% কোনো ব্যাপারই নয় । আশে পাশের অনেক কোচিং সেন্টারে ভিড় কমে যেতো। কয়েক জন শিক্ষক মিলে ওনার নামে কমপ্লেন করলেন যে উনি ক্লাসে শুধু গল্প করেন সেই জন্য ছেলে মেয়েরা অন্য ক্লাসে পড়ার সময় আগ্রহ হারিয়ে ফেলছে। প্রধান শিক্ষক মহাশয় ছেলে মেয়েদের রেজাল্ট ভালো হচ্ছে দেখে ওনাকে মনে মনে সমর্থন করতেন। তাই বাকী শিক্ষকদের কড়া নির্দেশ দিতেন " ওনার বিরুদ্ধে অভিযোগ করার আগে নিজেদের ক্লাস গুলো ঠিক করে নিতে শিখুন। ক্লাসে কিছুই শেখান না,কোচিং সেন্টার খুলে ব্যবসা করে যাচ্ছেন। নিজের কাজ করুন সবাই। যান এখন ।"

দু বছর আগে প্রধান শিক্ষক মহাশয় অবসর নেওয়ার আগে ভবেশ বাবুকে সতর্ক থাকার জন্য পরামর্শ দিয়ে গিয়েছেন।

"আমি চলে যাচ্ছি।আপনার মত এক জন আদর্শ শিক্ষককে সাথে পেয়ে আমি গর্বিত।তবে কি জানেন যুগটা ভালো নয়।আমি তো চলেই গেলাম।স্কুলের মধ্যেও রাজনীতি ঢুকে পড়েছে।আপনি সৎ মানুষ তাই আপনার পক্ষে টিকে থাকা খুব সমস্যার।স্কুলের মধ্যে একটা কমিটি তৈরী হয়ে গেছে ইতিমধ্যেই ,আপনাকে এখান থেকে সরিয়ে দেওয়ার জন্য ।আমি যতদিন ছিলাম ওপর থেকে অনেক চাপ ও এসেছিলো।কিন্তু কিছুতেই আমি অন্যায়কে সমর্থন করি নি।আমি জানি, যতই কষ্ট হোক না কেনো, তিন বছর ঠিক এমন ভাবেই মাথা উচুঁ করেই শিক্ষকতা করবেন।কোনো রাজনৈতিক দলের ফাঁদে পা দেবেন না।"

ভবেশ বাবু বোতল থেকে জল খেয়ে বোতলের ঢাকা বন্ধ করতে করতে উত্তর দিলেন " জানি স্যার ,সব জানি।আমার বন্ধু শত্রু সবাইকে আমি চিনি।আমি এই চাকরিটা আমার নিজের যোগ্যতায় অর্জন করেছিলাম।আমার বাবা চেয়েছিলেন আমার পোস্টিং যেনো গ্রামের বাড়ির কাছের স্কুলে হোক।সেই জন্য এক জন বিধায়ককে বলে সব কিছু ঠিক করে ও নিয়েছিলেন।জয়েন করার আগে আমি বিষয়টি জানতে পেরে বাবাকে না জানিয়েই হেড অফিসে গিয়ে বলি আমার যেখানে পোস্টিং ছিলো সেখানেই করার জন্য, কারও কোনো রকম সাহায্য আমার লাগবে না।অনেকেই তখন বলে ছিলেন আমি নাকি খুব বোকা! হ্যাঁ স্যার আমি বোকা! আমি শিক্ষিত হয়ে জনগণের করুণায় জয়লাভ করা অশিক্ষিত, গুন্ডা দেরকে "স্যার" বলে ডাকতে পারিনি।আমি আজ পর্যন্ত কোনো রাজনৈতিক দলের হয়ে কোনো রাস্তায়,কোনো ক্লাবে,স্কুলের কোনো অনুষ্ঠানে আমি থাকি নি।ভোট চাইতে কেউ বাড়িতে এলে আমি জিজ্ঞাসা করি " তোমরা কি নিশ্চিত তোমাদের দলের নেতা নিজের বাড়ির সবার দাবী ঠিক মতো পূরণ করতে পেরেছে ? তাছাড়া আমার কোনো কিছু দাবি নেই।তোমরা তাদের কাছে যাও ,যারা রেশনের চাল ডাল গম পেলে খুশি।তোমরা তাদের কাছে যাও, যারা মাসে মোবাইল রিচার্জের জন্য কিছু টাকা পেলেই খুশি।তোমরা তাদের কাছে যাও, যাদের চাকরীর কোনো দাবি নেই।তোমরা তাদের কাছে যাও, যারা মন্দির মসজিদ তৈরী হলে গর্ব অনুভব করে।আমি তোমাদের উপযুক্ত ভোটার ই নই।আর শোনো বাবা! যে বেকারদের কর্মসংস্থান হবে বলে বিজ্ঞাপন দিতে এসেছো ,মনে রেখো সেই বেকারদের দলে তোমরাও আছো।তোমরা কিছু করতে পারলে আমি খুব খুশি হবো।আর যদি কিছু করতে না পারো, আমার কাছে একবার দেখা করে যেও। ছেলে গুলো চলে গেলো। অনেক গুলো ধমকি- হুমকি দিয়ে বোঝাতে চাইলো যে যদি একবার দাদা ভোটে জেতে তাহলে আমাকে দেখে নেবে। আমি এসব ভয় পাই না স্যার।আমার এই আদর্শ সবাই মেনে নিতে পারেনি বলে আমি আজও একা স্যার।জীবনের এত গুলো দিন আমি একা ছিলাম , বাকী দিন গুলোও সেই ভাবেই কাটবে।আপনি ভালো থাকবেন স্যার , সুস্থ্য থাকবেন।নতুন ইনিংস খুব সুন্দর কাটুক।"

তিন বছর পরে ভবেশ বাবুর অবসরের অনুষ্ঠান। খুব ই সাধারণ আয়োজন। স্কুলের সব ছাত্র ছাত্রী ,তিন চার জন পুরনো সহকর্মীরা মিলে বিদায় জানালেন। বেশির ভাগ শিক্ষকরা ওই দিন একাকার বিধায়কের ভোটে জেতার উৎসবের মিছিলে রঙ বেরঙের আবির মেখে নাচতে ব্যস্ত । যাই হোক এক বার দেখা হলে হয়তো ভালো লাগতো। অনেক চেষ্টা করেছিলেন যাঁরা ওনাকে স্কুল থেকে সরাতে,কিন্তু পারেন নি তাদের মুখ টা ঠিক এই মূহুর্তে কেমন লাগছে দেখবার খুব ইচ্ছে ছিলো। ভবেশ বাবু সবার জন্য একটা টিফিনের প্যাকেট করেছিলেন। নিজের হাতে সবাইকে তুলে দিলেন। ছাত্র ছাত্রীদের চোখে জলের ধারা প্রমাণ করে দিলো এক জন শিক্ষকের অভাব অনেকটাই। কেউ ক্লাসে অঙ্ক বুঝতে না পারলে, হটাৎ করে টিফিনের সময় কাল থেকে আর কেউ ডেকে অঙ্কটা বুঝিয়ে দেওয়ার সময়, নিজের টিফিন খাইয়ে দেওয়ার মানুষটাকে আর পাওয়া যাবে না। সেই মানুষটাকে কাল থেকে আর পাওয়া যাবে না, যিনি সদ্য বাবাকে হারানো মনোজের বাড়িতে গিয়ে মায়ের হাতে এক সাথে অনেক গুলো টাকা তুলে দিয়ে এসেছিলেন। আজ ভবেশ বাবুর চোখ দুটো কেমন ঝাপসা হয়ে আসছে। বুকের ভিতর এক বিশাল বড় শূন্যতা। কি করে কাটবে সময়? আজ পর্যন্ত উনি টিউশন পড়ান ও নি। সারা দিন এদের ছেড়ে কি করে থাকবেন! একটা মাত্র উপহার নিয়েছেন স্কুল থেকে একটা" লাঠি"।

ছাত্রদের বারণ করেছিলেন অন্য কিছু যেনো না কেনে কেউ। সেই লাঠিটা নিয়ে সবার সাথে স্কুলের সামনে অনেক গুলো ছবি তুললেন। সব শেষে সামনে অপেক্ষা করা টোটো তে বসে শেষ বারের জন্য নিজের স্কুল থেকে বিদায় নিলেন।

বাড়ি ফিরে কিছুই ভালো লাগছিলো না। অবসরের বয়সটা আর একটু কি বাড়ানো যেতো না? বিনা পারিশ্রমিকে যদি কোনো ভাবে পড়ানো যেতো খুব ভালো হতো। গ্যাসে চা বসিয়েছেন ---এমন সময় বাইরে কলিং বেলের শব্দ। ভোটের সময় ভোট চাইতে আসা সেই ছেলে গুলো। কিছু বলার আগেই ভবেশ বাবু বলে উঠলেন " এসো বাবা ভিতরে এসে বসো। এই মাত্র চা বসাতে বসাতে তোমাদের কথা ভাবছিলাম। "

"আমাদের কথা?" সবাই অবাক হয়ে জিজ্ঞাসা করলো।

" হ্যাঁ বাবা। আজ আসলে আমার চাকরিটা চলে গেছে। আমার একটা কাজ চাই। কাল থেকে কি করবো বুঝতে পারছিলাম না।তোমরা নিশ্চয় এতদিনে চাকরী পেয়ে গিয়েছো। তোমাদের দাদা এখন আমাদের এলাকার মন্ত্রী বলে কথা! দাদার কাছে আমাকে একটু নিয়ে যাবে? আমি ক্ষমা চাইবো! আমারও একটা কাজ চাই। যদি করে দিতে পারেন খুব ভালো হয় ।একা মানুষ আমি, বেশি মাইনে চাইনা। একটু বসো বাবা। চা নিয়ে আসছি। "

ভবেশ বাবু রান্না ঘরে চলে যাওয়া মাত্র ছেলেদের ভাবনা গুলো বদলে গেলো। আসার আগে ঠিক ছিলো---- কিছু টাকা তোলা হিসাবে দিতে হবে ,নয়তো এলাকায় থাকতে দেওয়া যাবে না ।আসার পর পুরো প্ল্যান গুবলেট হয়ে গেলো মনে হচ্ছে। দেখা যাক আর

কি বলেন মাস্টার বাবু!

ভবেশ বাবু চা বিস্কুট আর দুটো প্লেট ভরা নিমকি নিয়ে রাখলেন ওদের সামনে। খেতে ইশারা করে নিজে এক চুমুক চা নিয়ে বলতে শুরু করলেন।

"তোমরা প্রতি মাসে কত টাকা পাও বাবা? আমি কিছু করিনা তবে মাসে ৫৫ হাজারের মতো পাবো সামনের মাস থেকে। কাজের মধ্যে আছো তোমরা যখন ,তাহলে আমার থেকে অবশ্যই অনেক বেশি পাও। ছেলে মেয়ে নিশ্চয় বড়ো নামী স্কুলে পড়ে সবার!আর পড়াবে ই না কেনো বলো? তোমাদের মাথার ওপর দাদা যখন আছে আর কিসের চিন্তা! আমিও এখন থেকে দাদার অনুগামী। ছোটো খাটো কিছু একটা কাজ দিলেই হবে। কি বলো বাবা একটা কাজ পাবো তো?" বলে মুখের দিকে চেয়ে রইলেন ভবেশ বাবু।

"স্যার আমরা আজ আসি। পরে একদিন আসবো।" বললো ওদের মধ্যে এক জন।

" তাহলে কি এই বুড়ো মানুষটার জন্য একটা কাজ হবে না?" কৌতূহল ভরা চোখে চেয়ে রইলেন ভবেশ বাবু। এই দৃষ্টি এক জন আদর্শ সৎ শিক্ষকের। ওনার দুই চোখের দিকে চোখ তুলে দেখার সাহস, এই মুহূর্তে জীবনের ভুল পথে যাওয়া ছেলেগুলোর মধ্যে নেই। ওদের এক দুজনের কাছে কিছু টাকা আছে, যেগুলো কয়েক ঘন্টা আগে কোনো অসহায় মানুষকে ভয় দেখিয়ে সংগ্রহ করা। আরও কিছু আসবে ভেবে এখানে এসেছিলো সবাই। কিন্তু এখানে এসে হিসেব সব গুলিয়ে গেলো। অঙ্কের স্যার এই ভাবে যে জীবনের সমস্যা নিয়ে প্রশ্ন তুলতে পারেন ভাবতেও পারেনি তারা। যে দাদার জন্য এত দিন রাত দিন মেহনত করে দলের পোষ্টার,পতাকা নিয়ে মিছিলের লোক জড়ো করে নিয়ে যেতো ,সেই দাদা আজ সবার কাজের ব্যবস্থা করে দিয়েছে ,তবে সেটা দাদার ও দাদার শ্বশুর বাড়ির সাথে যুক্ত প্রতিটি লোকের জন্য ।দেখতে দেখতে দাদার জীবন বদলে গেলো। ওদের চাকরীর বয়স পেরিয়ে গেলো। এই তোলাবাজি করে ,দাদার দলের নাম নিয়ে ভয় দেখিয়ে যা পাওয়া যায় সেই দিয়েই চলছে সংসার। ছেলে মেয়ে গুলোকে ভালো স্কুলে ভর্তি করার কোনো চিন্তা মাথায় আসেনি কারও। কিন্তু আজ কার বাড়িতে এসেছে এরা পথ ভুল করে? সামনের মানুষ টা যেনো সব কিছু আগে থেকেই জানে। একটা অপরাধ বোধ ওদেরকে ভীষণ ভাবে তাড়া করে বেড়াচ্ছে। চলে যাওয়ার জন্য ঘুরে দাঁড়াতেই আবারও চমকে দিয়ে বললেন ভবেশ বাবু....

" কাল সকালে ছেলে মেয়ে গুলোকে নিয়ে আমার কাছে ঘুরে যাবে তোমরা। ওদের সবাইকে ভালো স্কুলে ভর্তি করিয়ে দেবো। আমি নিজেই ওদের পড়াশুনা শেখাবো। ওদের কে আর তোমাদের মত দাদার অনুগামী হতে দেবো না। ওদেরকে মাথা উঁচু করে বাঁচতে শেখাতে হবে। তোমাদের মেরুদন্ড গুলো অনেকটাই বেঁকে গেছে ।যে বয়সে নিজেদের স্বপ্ন সত্যি করার জন্য পরিশ্রম করার কথা,সেই বয়সে তোমরা দাদার স্বপ্ন সত্যি করার জন্য নিজেদের জীবনের দামী সময়টা পার করে দিয়েছো। প্রথম বার যখন ভোট চাইতে এসেছিলে তোমাদের মধ্যে আরও এক জন ছিলো। খবরের কাগজ পড়ে জেনেছি যে সে

খুন হয়েছে প্রায় নয় মাস আগে। তোমাদের তো সবাই ভীষণ ভালোবাসে, তাই হয়তো তোমাদের বিদায় নেওয়ার স্টাইলটা প্রায় সবার এক রকম হয়। এখনও তোমাদের অনেকটাই জীবন পড়ে আছে। বাকী জীবন টা একটু মানুষের মত করে যদি বাঁচতে চাও আমার কথা মন দিয়ে শোনো। গ্রামের বাড়িতে রাস্তার ধারে একটা দোকান ঘর রয়েছে। তোমরা সবাই মিলে দোকানটা চালু করতে পারো। আর টাকা পয়সা যদি কিছু লাগে আমাকে জানিও। আশা করছি তোমাদের সাহায্য করতে পারবো। এই পথটা ছেড়ে দাও বাবা। ফেসবুক জুড়ে যতই তোমরা দাদার বা দিদির অনুগামী বলে লড়াই করো না কেনো,আসলে তোমরা সব সময় একাই ছিলে,একাই থাকবে। দাদা দিদি ইচ্ছা মত দল পাল্টাবে। তাদের জীবন পাল্টাবে। তোমাদের থেকে যেতে হবে সেই অন্ধকারে।"

সবাই মিলে ভবেশ বাবুর পা জড়িয়ে ধরে বললো " আমরা ভুল করেছি স্যার। ক্ষমা করে দিন। বেকার ছিলাম,একটা দুটো পরীক্ষা দিয়ে কিছু হয়নি বলে কাজের আশা নিয়ে ওদের পুতুল হয়ে নেচেছি বছরের পর বছর। আর নয় স্যার। আজ আমরা সঠিক পথ খুঁজে পেয়েছি। এবার স্যার আপনার দেখানো পথ ধরেই আমরা চলবো সারাজীবন। খুব আক্ষেপ হচ্ছে স্কুল জীবনে যদি আপনার মতো শিক্ষক কাউকে পেতাম। জীবন বদলে যেতো।"

ভবেশ বাবু বললেন "ঠিক আছে বাবা। আমি এখনও শিক্ষক আছি। অবসর জীবনে না হয় তোমাদের সঠিক রাস্তা দেখাবো। আমার সময় কেটে যাবে আর তোমাদের জীবন নতুন করে শুরু হবে। আমরা সবাই মিলে মাথা উঁচু করে বাঁচবো এই সমাজে। হ্যাঁ ,আমি বিশ্বাস করি মনে ইচ্ছা থাকলে অন্ধকারেও সঠিক ঠিকানায় পৌঁছানো যায়। যদিও পথ চলাটা অনেকটাই কঠিন,তবে অসম্ভব কোনো ভাবেই নয়।"

হ্যাঁ, আমি এখনও বিশ্বাস করি ভবেশ বাবুর মতো শিক্ষকদের সাহায্যে দেশটাকে নতুন করে সাজানোর স্বপ্ন দেখা যেতে পারে। তবে সমস্যা হচ্ছে যে ভবেশ বাবুর মতো যোগ্য চাকুরী প্রার্থীরা পরীক্ষায় উত্তীর্ণ হওয়া সত্ত্বেও রাস্তায় ধর্না নিয়ে পড়ে থাকেন বছরের পর বছর । শিক্ষক আর হওয়া হয়ে ওঠে না। মিডিয়া গুলো দেশের চোর গুলোর সম্পত্তি,টাকার পরিমাণ,ঘনিষ্ট বান্ধবীর সাথে সম্পর্কের রসালো খবর গুলো দায়িত্ব সহকারে সবার সামনে নিয়ে আসার চেষ্টা করে চলেছে ।অপরদিকে অন্ধকারের মধ্যে বেঁচে থাকার স্বপ্নগুলো বাঁচিয়ে রাখার ব্যার্থ চেষ্টা করতে করতে ভবেশ বাবুরা সব কোথায় হারিয়ে যায়........আমরা তার খবর ও পাই না।

10

অন্য প্রেমের গল্প

অফিস থেকে ফেরার পথে ফুটবল খেলার স্টেডিয়ামের গেটের সামনে দাঁড়িয়ে একটা গোধূলি বেলায় তোলা ছবি ফেসবুকে পোস্ট করার দশ দিনের মাথায় একটা লাইক ও তার সাথে একটি মন্তব্য "খুব সুন্দর একটি ছবি। জায়গাটা কোথায় প্লিজ বলবেন?"

চল্লিশ ছুঁই ছুঁই সুদীপ বাবু একটু অবাক হয়ে দেখলেন একজন মহিলা যিনি ওনার ফ্রেন্ড লিস্টে আদৌ নেই উনি ওনার এই ছবিটিতে মন্তব্য করেছেন। দীপিকা ব্যানার্জি ,কলকাতা! অবাক লাগার কথা। ওনার নিজের প্রোফাইলে কিছুই নেই। বন্ধু বান্ধব রয়েছেন প্রায় এক হাজারের কাছা কাছি। তবে ওসব ভার্চুয়াল জগতের একটা সংখ্যা মাত্র। বাস্তবে আসলে ওনার নিজের একটাও বন্ধু নেই। উনি একাই। একটা কোম্পানির সুপারভাইজার ।মাইনে খুব একটা খারাপ নয়। একা মানুষ , বিয়ে করেন নি। মাঝে মধ্যে নিজের মুঠোফোন দিয়ে ছবি তুলে পোস্ট করে দেন। প্রথম প্রথম দু এক জন লাইক করতো। পরের দিকে স্টিকার পড়তো। সুদীপ বাবু বুঝে গিয়েছেন,উনি একা । ওনার কাছে অন্য বন্ধুদের জন্মদিন থেকে শুরু করে বেড়াতে যাওয়ার ছবিতে মন্তব্য করার অঢেল সময় থাকলেও বাকি সবাই ভীষণ ভাবেই ব্যস্ত। সবাইকে গুড মর্নিং বলে শুভেচ্ছা জানালেও কারও কাছে অতটা সময় নেই রিপ্লাই দেওয়ার। উনি কৌতূহল বশত দীপিকা ব্যানার্জি কে ফ্রেন্ড রিকুয়েস্ট পাঠান এবং কিছুক্ষনের মধ্যে উনি একসেপ্ট করেও নেন। পরিচয় হয় মেসেঞ্জার তে। কয়েকদিন পর ফোন নম্বর বিনিময় হয়। মাঝে মধ্যে কথা হতো। সুদীপ বাবুর ধীরে ধীরে ভদ্র মহিলার প্রতি দুর্বলতা সৃষ্টি হতে থাকে। কিন্তু সেটা বুঝতে দিলে চলবে না। একটু কম ভাবতে চেষ্টা করেন। প্রতিদিন অফিস থেকে ফেরার পথে ওনাকে ফোন করতেন এবং ওনাকে সেই গোধূলি বেলায় একটা করে ছবি তুলে পাঠাতেন। ছবির ভীষণ প্রশংসা করতেন সাথে সাথেই ফোন করে। ছবিটা কেনো যে ভদ্র মহিলার এতো ভালো লাগে সেটা বুঝতে পারেন না সুদীপ বাবু। একটা মরে যাওয়া গাছের শুকনো ডালের ভিতর ঠিক যখনই সূর্য টা লাল হয়ে ঢলে পড়ছে ঠিক

সেই সময়ের ছবিটাতে এমন কি আছে ?একই ছবি উনি কেনো পাঠাতে বলেন বার বার সেটাও বুঝতে পারেন না। বলতে সাহস পান না সুদীপ বাবু। উনিও প্রতিদিন নিয়ম করে অফিস থেকে বেরোনোর সময় এই ছবিটি তুলতে তুলতে ভাবতে শুরু করেন এই জায়গায় ওনার ভালোবাসার মানুষটির সাথে দেখা করার কথা। অফিস থেকে যেদিন একটু আগে বেরিয়ে যান,সেদিনও ওখানে গিয়ে অপেক্ষা করেন সূর্যটা কখন ঠিক ওই নির্দিষ্ট জায়গায় পৌঁছাবে। উল্টো দিকে ওনার খুব প্রিয় একজন মানুষ অপেক্ষা করছে সেই দৃশ্য দেখার জন্য। সূর্যাস্তের এই মুহূর্তে কেনো হটাৎ করেই সুদীপ বাবুর হৃদয় অন্য কারো জন্য চঞ্চল হয়ে ওঠে কিছুতেই বুঝতে পারেন না। অদ্ভুত এক পরিস্থিতি! যাকে চাইছেন তাকে কোনো দিনও বলা হয়ে উঠবে না মনের কথা অথচ এই ভাবেই দীপিকার জন্য অপেক্ষা করতে করতে জায়গাটির প্রেমে পড়ে যান। উনি বিবাহিতা !তাই ওনাকে অন্য কিছু বলা টা একটা অপরাধ। বলতে গেলেই হয়তো অনেক কিছু হারিয়ে যাবে। সবাই আমরা অপেক্ষা করি সূর্যোদয়ের জন্য। সুদীপ বাবু শুধু অপেক্ষা করেন সূর্যাস্তের জন্য। এই ভাবেই প্রতিদিন সন্ধ্যা আসে,রাত আসে। রাতে শুয়ে শুয়ে ফেসবুকের প্রোফাইলের ছবি দেখতে দেখতে অনেক বার দীপিকাকে নিজের করে পেতে চেয়ে স্বপ্ন দেখেন। আবার সকাল হতেই স্বপ্ন ভুলে বাস্তবে ফিরে আসেন। আসলে এই বয়সে স্বপ্ন দেখতে নেই। এখন আঠেরো উনিশ বছরের ছেলেরা ওনাকে "কাকু" বলে ডাকে। এই কাকুদের প্রেমে পড়া মানা। সুতরাং আবার অপেক্ষা বিকালের সূর্যাস্তের জন্য। অদ্ভুত এক এক তরফা বোকা বোকা প্রেমের মধ্যেই সুদীপ বাবু খুঁজে পেয়েছেন জীবনের মানে। চাওয়া গুলো সব স্বপ্নের মধ্যে পূরণ করবেন বলে ঠিক করে নিয়েছেন কিন্তু বাস্তবে উনি কোনো দিনও বলবেন না ওনার মনের কথা। এই অপেক্ষা,এই না বলার মধ্যেও চাওয়ার ইঙ্গিত কি কোনো দিনও দীপিকা ব্যানার্জি কোনো দিনও জানতে পারবেন??? নাই বা হলো মনের কথা প্রকাশ করা। এই ভাবেই তো ভালোই আছেন সুদীপ বাবু। তবে এই ভালো থাকাটা সবার কপালে বেশি দিন লেখা থাকে না সুদীপ বাবুর। গত কাল ঠিকাদারের কাজের মেয়াদ শেষ হয়ে গেছে। সুদীপ বাবুর এখান কার কর্ম কান্ড শেষ গেছে। এবার যেতে হবে অন্ধ্রপ্রদেশ। কিছুই নেই যদিও এখানে। কিন্তু এই শহরের চেনা সূর্যাস্ত দেখার জায়গাটা ছেড়ে যেতে ভীষণ কষ্ট হচ্ছে সুদীপ বাবুর। গত কাল বিকালে শেষ বার সূর্য ডুবে যাওয়া থেকে অন্ধকার হয়ে যাওয়া সবটাই দেখলেন। চোখ ঝাপসা হয়ে আসছিলো মাঝে মধ্যেই। চার মাস ধরে এই জায়গায় উনি অপেক্ষা করেছেন ওনার কাল্পনিক প্রেমিকার জন্য। প্রতিদিন কথা হয়েছে ওই জায়গায় থেকে। কাল থেকে এই জায়গাটা থাকবে না,এই অপেক্ষা থাকবে না। একটা বিশাল শূন্যতা বুকে নিয়ে শেষ বারের মতো বিদায় জানালেন প্রিয় ডেটিং প্লেসটাকে।

সুদীপ বাবু চলে গিয়েছেন আমাদের শহর থেকে। আমি জানি না উনি আজ কেমন আছেন। দীপিকা ব্যানার্জী কি কখনো বুঝতে পেরেছেন ওনার মনের কথা? আমরাও বুঝতে পারিনি ।আজ সূর্যাস্তের সময় আমিই একটা ছবি নিলাম সুদীপ বাবুর জায়গায়

দাঁড়িয়ে। হ্যাঁ, এটাই সেই জায়গা, যেখানে অনেক প্রেম লুকিয়ে আছে,অনেক আবেগ লুকিয়ে আছে তবে সেটা সবাই দেখতে পায় না,অনুভব করতে পারে না। সব কিছুর সাক্ষী হয়ে থেকে যায় অস্তাচল গামী লাল রঙের গোধূলির আলো বিলিয়ে দেওয়া সূর্যটা।

11

আলোর অন্ধকার

কলকাতার মধ্যে এত বড় মঞ্চতে গান করতে পারার সুযোগ পেয়ে কৌশিক বাবু ভীষণ খুশি হয়েছিলেন। অনেক বছর ধরে গান নিয়ে পড়ে থাকলেও কোনো বার উনি চেষ্টাও করেন নি বড় কোনো জায়গায় গান করার জন্য। কিন্তু এ বছর অফিসের হীরক জয়ন্তী উদযাপন উপলক্ষে নিজের খুব একটা ইচ্ছা না থাকলেও অনেকটা স্ত্রীর ইচ্ছা মতো অডিশন দিয়ে আসেন এবং কিছু দিন পর সুযোগও চলে আসে। কলকাতার মত জায়গায় বিশাল অডিটোরিয়াম,কত নামী দামী শিল্পীদের সাথে একই মঞ্চে ওঠার সুযোগ। মনে মনে প্রত্যাশার জাল আরও অনেক বেশি আকর্ষণ তৈরী করিয়েছে।হোয়াটস অ্যাপ গ্রুপ তৈরী হলো। কয়েকটা গান দেওয়া হলো। সেই গুলো তৈরী করতে বলা হলো। কৌশিক বাবু উৎসাহ নিয়ে সেগুলো তুলে নিয়েছেন। গান গুলো কোনোটাই পছন্দের তালিকায় না থাকলেও সেগুলো তুলে নিতে কোনো অসুবিধা হয় নি।প্রায় এক সপ্তাহ আগে কৌশিক বাবু পাড়ি দিলেন কলকাতার উদ্দেশ্যে। বাড়িতে ছোট ছেলে, মেয়ের স্কুল,স্ত্রী একা রইল। ইচ্ছা না থাকলেও যেতেই হলো। কিন্তু যাওয়ার মধ্যে তেমন যেনো আনন্দ নেই। অনেক সময় ইচ্ছা না থাকলেও চলে যেতেই হয়। কলকাতায় এক ফাইভ স্টার হোটেলে থাকার ব্যবস্থা করে দিয়েছে অফিস থেকে।এলাহী আয়োজন! এমন শীততাপ নিয়ন্ত্রিত হোটেল জীবনে কখনো তিনি আসেন নি। রুমের কোন সুইচ টা কি কাজে লাগে বুঝতে ওনার প্রায় দুদিন লেগে গিয়েছিলো। বাথ রুমে গরম জল কিছুতেই বন্ধ করতে পারছিলেন না বলে স্নান করতে পারছিলেন না।অনেক পরীক্ষা নিরীক্ষার পর বুঝতে পারলেন যে কি ভাবে ঠাণ্ডা ও গরম জলের মিশ্রণ তৈরি করা যায়! কোনো বালতি ও মগ ছাড়াও কি করে স্নান করা যায় শিখে গেলেন। ব্রেক ফাস্টে এত খাবার ,এত রকম খাবার! কি খাবেন আর কি করে খাবেন বুঝতে পারতেন না।এর পর চললো অনুশীলন। প্রথম দিনই বুঝতে পারলেন যে এখানে একটা অদ্ভুত রাজনীতি চলছে। ডাকা হয়েছে অনেক কেই কিন্তু গান করার সুযোগ পাবেন হেড অফিসের সাথে

যুক্ত উচুঁ পোস্টের অফিসারদের তেল দেওয়া নির্দিষ্ট কয়েকজন লোক। কয়েক জনকে মূল হোয়াটস অ্যাপ গ্রুপ থেকে সরিয়ে আলাদা গ্রুপ করে সেখানে অন্য গান ভাগ করে অনলাইন ক্লাস অনেক আগে থেকেই চলছে। এবং সেটা কৌশিক বাবুর মত কয়েক জন মানুষ জানতেও পারেন নি। কৌশিক বাবু অবাক হয়েছিলেন আসার আগেই! মাত্র তিনটে গান গাইবার জন্য এক সপ্তাহ ধরে কলকাতায় কেনো ডাকা হচ্ছে? হ্যাঁ গান ই অনুশীলন হচ্ছে তবে সেই সব পছন্দের গান গুলো যে গুলো উনি গাইবেন না। এক বারও কেউ কৌশিক বাবুকে বলেও দেখলেন না " আপনি কোন গান টা গাইছেন?"

একটা প্রার্থনা সংগীত আর অফিসের ওপর লেখা একটা গান! সমবেত কণ্ঠে ভিড়ের মধ্যে দাঁড়িয়ে গাইবেন। কৌশিক বাবু চিরকাল অবহেলিত ছিলেন আজও তো সেই ট্র্যাডিশন চলে আসবে তাতে ক্ষতি কি! কৌশিক বাবুর শুভাকাঙ্ক্ষী কিছু বন্ধুদের খুব ইচ্ছে ছিলো কৌশিক বাবুকে অনুষ্ঠানে দেখার জন্য। কিন্তু উনি, বুঝতে পারছিলেন যে এই অনুষ্ঠানে অন্য কাউকে ডেকে আনা মানেই অনেকটা নিজের মান সন্মান টুকু যে টুকু ছিলো সেটাও ধুলোয় মিশে যাবে। তিনি যে বড় মুখ নিয়ে বলেছিলেন কলকাতায় অনুষ্ঠান করতে যাচ্ছেন। শুনে সবাই কত ভালো ভালো কথা বলে উৎসাহ দিয়েছিলেন! এত বড় মঞ্চ ! এত গুণী মানুষের মধ্যে দাঁড়িয়ে গাইবেন! এত সাংঘাতিক সৌভাগ্য। অনেকেই কৌশিক বাবুর সাথে দেখা করার ইচ্ছে প্রকাশ করেছিলেন। কিন্তু কৌশিক বাবু ভিতরে ভিতরে নিজের কাছে নিজে ছোট হয়ে যাচ্ছিলেন। সারাদিন ধরে অনুশীলনের জায়গায় থাকতেন। নিজের গানের জন্য দশ মিনিট লাগতো। কিন্তু সারা দিন ধরে ওনাকে আটকে রাখা হতো অন্যের গান গুলোর অনুশীলন কেমন হচ্ছে সেটা দেখার জন্য। দু এক জন একটু ঝামেলা করায় একটা গানের প্রথম অন্তরা ও সঞ্চারী ভাগ করে তিন জনকে দেওয়া হলো। কৌশিক বাবু ঝগড়া করে গান চাই বলার মত মানুষ নন। একাই থাকতেন। অনুশীলন শেষে আবার ফিরে আসতেন একা হোটেলে। ফেরার সময় বাস ধরে আসতেন যাতে ওনার হতাশা যেনো সহশিল্পীদের চোখে না পড়ে যায়। কখনো কখনও রাতে খেতেও যেতেন না। কৌশিক বাবু নিজের পরিবারের কাউকে ভিডিও কল করতে ভয় পেতেন । এই বুঝি সবাই বুঝে যায় সব কিছু। ইচ্ছে করেই কারণ ছাড়াই আলোর শহরে অন্ধকারে হারিয়ে যেতে চাইতেন তিনি। সেলিব্রিটি শিল্পীদের নিয়ে যখন সবাই সেলফি নিতে ব্যস্ত কৌশিক বাবু একা অডিটোরিয়ামের বাইরে অন্ধকারের মধ্যে কৃত্রিম আলো দিয়ে সাজানো শহরটাকে দেখতে থাকেন। আকাশের দিকে তাকিয়ে থাকেন। অপেক্ষা করেন কখন ,কিভাবে ,কত তাড়া তাড়ি এই অনুষ্ঠান শেষ হবে। তিনি ফিরে যাবেন তার ছোট ছেলে মেয়ের কাছে! ছেলেটা অভিমানে এক সপ্তাহ কোনো কথা বলেনি। অনুষ্ঠান গত কাল রাতে শেষ হয়েছে। কৌশিক বাবু এবং কৌশিক বাবুর মতন শিল্পীরা গান করেছেন দুদিন ধরেই। পিছনের সারিতে দাঁড়িয়ে....একটা মাইক্রোফোনে তিন জন ।হ্যাঁ এটাই সমবেত সংগীত। এই ভাবেই গাইতে হয়। অনেক কন্ঠের ভিড়ে আজ হারিয়ে গেছে কৌশিক বাবুর কন্ঠ। অনুষ্ঠান

শেষ হওয়ার পর সবাই ব্যস্ত সেলিব্রিটি সিঙ্গার দের অনুষ্ঠান দেখার জন্য। কৌশিক বাবু দেখলেন ডিনারের জন্য লম্বা লাইন। ডিনার করে সবাই সামনের সারিতে বসে অনুষ্ঠান দেখার জন্য তৈরী হতে চায়। কৌশিক বাবু ডিনারের কুপন টা ছুঁড়ে ফেলে দিয়ে শেষ বারের জন্য একবার অডিটোরিয়ামের দিকে তাকিয়ে দেখলেন! এখানে অনুষ্ঠান করার স্বপ্ন পূরণ হলো বটে আজ। তবে অনেক বড় অনুষ্ঠান তো, অনেক বিশাল আয়োজন। এত ব্যস্ততা ! এই দুদিনের অনুষ্ঠানের পর কেউ এক বার ও মঞ্চে ওঠার আগে বা পরে কৌশিক বাবুর নামটাও পর্যন্ত উচ্চারণ করলেন না। আসলে কৌশিক বাবুর মত কোনো শিল্পীদের থাকা না থাকায় কিছু এসে যায় না। সবাই মেতে উঠেছে সেলিব্রিটি কে নিয়ে। কৌশিক বাবুর ট্রেন ছিলো পরের দিন রাতে। অনেকের সাথে দেখা করার কথা ছিলো। কিন্তু দেখা করে বলবেন বা কি? কৌশিক বাবু মিথ্যা কথা বলতে পারেন না। এই শহর টা যেনো কৌশিক বাবুকে ভীষণ ভাবে কষ্ট দিচ্ছে।

ভোর হতেই কৌশিক বাবু বেরিয়ে পড়লেন বাড়ির উদ্দেশ্যে। নিজের ছেলের সাথে নতুন করে পরিচয় করতে হবে। কৌশিক বাবুকে খুশি থাকার অভিনয় করতে হবে। না কাউকে বলে আসা হয় নি ।শুধু হোয়াটস অ্যাপ গ্রুপে লিখলেন " এত সুন্দর অনুষ্ঠান করতে পেরে ভীষণ ভালো লাগছে। আমি গর্বিত এত বড় মঞ্চে আমার মত এক জন সামান্য শিল্পীকে সুযোগ দেওয়ার জন্য। সবাই ভালো থাকবেন। আবার দেখা হবে। অন্ধকার দিন পেরিয়ে গেছে। কৌশিক বাবু গ্রুপ ছাড়লেন। কলকাতা শহর ছাড়লেন। ফোন বন্ধ করে একা একা ফিরে চললেন অজানা রাস্তা ধরে। এই পথ দিয়ে কোনো দিনও তিনি বাড়ি ফেরেন নি। যত তাড়া তাড়ি সম্ভব কৌশিক বাবুকে নিজের বাড়িতে ফিরতে হবে। নিজের চেনা জানা ঘরটায় বসে প্রিয় হারমোনিয়ামের ওপর মাথা রেখে একবার কয়েক মিনিটের জন্য কাঁদতে হবে। নিজেকে বোঝাতে হবে কণ্ঠে কিছুই নেই,সেটিং ছাড়া এই যুগে কন্ঠ চাপা থেকে যাবে। এমনটাই চলে আসছে,এমনটাই চলবে।

12

শেষ চিঠি

আজকের এই চিঠিটা তোমাকে লেখা শেষ চিঠি ।তিন দিন আগে বেড়িয়েছিলাম কারখানায় কাজ আছে,প্রচুর চাপ,ওভার টাইম করতে হবে বলে। ফিরে আর ঘরে আসা হয়নি।এক বার ফোন করে বলেছিলাম " শোনো কাজ শেষ করতে আরও দুদিন লাগবে। তোমরা চিন্তা করো না। আমি ফিরে আসবো। ফোনের চার্জার ভুলে ঘরে ফেলে এসেছি। অফ হয়ে গেলে চিন্তা করো না। আমি ঠিক আসবো ফিরে।"

নয় বছর চার মাস তিন দিন! আমাদের এক সাথে পথ চলা ।কোনো দিনও কোনো মিথ্যা কথা বলিনি তোমাকে। আজ প্রথম ও শেষ বারের মত বলতেই হচ্ছে। কিছু মনে করোনা। কোথা দিয়ে শুরু করবো ঠিক বুঝতে পারছি না। সময় কখনও কখনও এমন জায়গায় নিয়ে এসে দাঁড় করিয়ে দেয় ,যে বুঝতে পারা যায় না কি করা উচিৎ সেই মুহূর্তে। আসলে লক ডাউনের সময় আমার কাজ টা চলে গিয়েছিলো,তোমাকে বলা হয়নি। তুমি আবার চিন্তায় পড়ে যাবে বলে বলা হয়নি। রোজ দুপুরে বেরিয়ে কাজ খুঁজতাম। কয়েক দিন একটা ঔষধের দোকানে,কয়েক দিন একটা মুদির দোকানে খুব সামান্য টাকায় কাজ করেছি। মাঝে মধ্যে রাতে বেরিয়ে যেতাম তোমাকে বলে যে কারখানায় কাজ পড়েছে যেতেই হবে। আমি একটা সিকিউরিটি গার্ডের কাজ করতাম সপ্তাহে তিন দিন রাতে। কেননা যে কোনো ভাবেই আমি আগের লাইফ স্টাইল মেনটেন করার জন্য মরিয়া হয়ে ওঠেছিলাম। তোমার পছন্দের শাড়ি,ম্যাচিং করা ব্লাউজ,তোমার হটাৎ করে আবদার করা মুক্তোর নেকলেস ,মোবাইল রিচার্জ ,মাঝে মধ্যে বাইরের রেস্টুরেন্ট এ খেতে যাওয়ার সখ গুলো পূরণ করতে গেলে এ ছাড়া আর কোনো উপায় ছিলো না আমার কাছে। কোনো ভাবেই তোমাকে বুঝতে দিতে চাইনি আমার সাথে ঘটে যাওয়া ঘটনা গুলো তোমাকে কষ্ট দিক। তুমি হাসি খুশি থাকতে ।কাজ থেকে ফিরে তোমাকে দেখে,তোমার চোখের দিকে চেয়ে সব কিছু ভুলে যেতাম। রাতে ঘুমাতে যাওয়ার সময় তোমার হাতের স্পর্শ আমার কপালে পড়লে আমার সারা দিনের ক্লান্তি

মিলিয়ে যেতো। অনেক বার ভাবি বলে দেবো সত্যি টা! কিন্তু ভাবি আজ নয়। আজকের তুমি খুব আনন্দে আছো। আজ নয় কাল বলবো। সেই কাল আর এলো না। কিছুতেই তোমার মুখের দিকে চেয়ে বলা হয় নি। আজ তুমি আর কোনো অফিসারের বউ নয়। পরে হয়তো বলতাম কোনো এক দিন। কয়েক দিন ধরে তোমাকে একটু বেশি মোবাইলে ব্যস্ত থাকতে দেখছিলাম। মাঝে মধ্যে কিছু টাইপ করার সময় মুচকি মুচকি হাসছিলে দেখে খুব ভালো লাগছিলো তোমাকে। বিয়ের পর যখন ট্রেনে করে বেড়াতে যাচ্ছিলাম। উল্টো দিকের সিটে বসে এমনই হাসছিলে আমার দিকে চেয়ে। আমি নস্টালজিক হয়ে একটা মিষ্টি স্বপ্ন দেখতে দেখতে ঘুমিয়ে পড়ি। বাইরের লড়াই টা আর ঘরের ভিতর ঢোকাতে চাইলাম না। কিছু দিন ধরে তোমাকে একটু গম্ভির দেখছিলাম। কোনো কিছু দাবি করছো না। কিছু আবদার করছো না,শুধু দরকারী কিছু কথা ছাড়া আর আমার সাথে তোমার কোনো কথাই হচ্ছে না। আমি ভয় পাচ্ছিলাম তুমি কি আমার চাকরী নেই সেটা বুঝে গিয়ে এমন করছো। কারণ টা বললেও না। বললে " না না আমি ঠিক আছি । কিছু হয়নি। "

তোমার ছোঁয়ার মধ্যেও কেমন যেনো সেই ব্যাপারটা নেই। কেমন যেনো একটা যান্ত্রিকতার স্পর্শ অনুভব করছি । মনের ভুল! নাকি নিজের চাকরী নেই তার টেনশনে কি আমি ভালোবাসার ছোঁয়া টা বুঝতে পারছি না? না আর চেপে রাখা যাবে না ! কাল সব কিছু খুলে বলে দেবো । আর কিছু লুকাবো না।

বিকালে একটু তাড়া তাড়ি করে বেরোলাম তোমার পছন্দের চিকেন ফ্রাইড মোমো, চিকেন ললিপপ নিলাম শহরের সবচেয়ে বড় রেস্টুরেন্ট " ক্লাসিক ফুড ইন" থেকে। নিয়ে বেরোতে যাচ্ছি এমন সময় চোখ পড়লো পাশের খাওয়ার টেবিলে! টেবিল ভরা অনেক খাবার এক পাশে আমার কলেজের বন্ধু রোহন,তার ঠিক সামনে তুমি। খুব হাসি ঠাট্টা চলছে। বাড়িতে এত গম্ভির এখানে এতটা প্রাণোচ্ছল কি করে ? এটা কি আমি ভুল দেখছি তো! আমি চোখে হটাৎ করেই অন্ধকার দেখতে শুরু করলাম। আমার মাথাটা কেমন যেনো ঝিম ঝিম করতে লাগলো। কোনো ভাবে বেরিয়ে এসে অটো স্ট্যান্ড এর কাছে অপেক্ষা করতে লাগলাম। কার জন্য জানি না। ভাবছিলাম হয়তো ফেসবুক থেকে পরিচয়। হয়েছে সেই জন্য দেখা করতেই পারো। আমি কি একটু বেশি ভুল ভাবছি আজ কাল?না ভুল ভাবি নি আজ ! আমার সব বিশ্বাস গুলো টুকরো টুকরো করে তুমি রোহণের হাত ধরে বেরিয়ে এসে সামনের দাঁড়িয়ে থাকা লাল রঙের গাড়িতে উঠে পড়লে । ড্রাইভিং সিটের ঠিক পাশেই। আমার অনেক দিনের স্বপ্ন ছিলো যে আমিও একটা গাড়ি কিনবো আর তোমাকে পাশে বসিয়ে সারা শহর টা ঘুরে বেড়াবো। রাতে খাওয়ার পর দুজনে ফাঁকা রাস্তা দেখে বেরিয়ে যাবো এক এক দিন এক একটা অজানা জায়গায়। আমি টাকা জমাতেই পারছিলাম না। ভেবেছিলাম সামনের বছর ঠিক কিনবো। অনেক গুলো মডেল আর বাজেট নিয়ে হিসাব নিকাশ করছিলাম। কিন্তু আমার সব হিসাব যে বেকার হয়ে গেলো। কি করা উচিৎ! ঝগড়া করবো? মারবো ? না রোহন কে গুন্ডা দিয়ে

পেটাবো! কি করবো বুঝতে পারছি না! তোমাকে কি বোঝাবো তুমি ভুল করছো? রাতে ঘরে ফিরে প্রত্যাশিত ভাবেই খাবার ফ্রিজে রেখে দিয়ে শুয়ে পড়লে। আমি কিছু বলার আগেই মেসেঞ্জার তে কিছু একটা মেসেজ আসার শব্দ এলো। তুমি উঠে ফোন নিয়ে ব্যস্ত হয়ে গেলে। আমার অভিযোগ গুলো আর করতে পড়লাম না। আমার কষ্ট গুলো কোনো ভাবেই কম হচ্ছে না। মনে হলো এ জীবন রেখে কি লাভ! ভালোবাসাহীন জীবনের থেকে মরে যাওয়া মনে হয় অনেক শান্তির। ভালোবাসা তো মরে যায় নি এখনো। আমি ভালোবাসি তোমাকে,তুমি ভালোবাসো আমার বন্ধুকে,আবার আমি আমার বন্ধুকে ও ভালোবাসি। তার মানে আমরা আসলে দুজন দুজনকেই ভালোবাসছি। আমি তোমাকে সেই স্বচ্ছন্দ দিতে পারবো না যেটা আমার বন্ধু তোমাকে দিতে পারে। তুমি তো ভালো আছো! তোমাকে খুশি খুশি লাগছে। তোমার মুখে একটা মিষ্টি হাসি আমি দেখতে পাই যেটা আমার বন্ধুর জন্য আসে আজকাল। এটাই তো চাওয়া উচিত আমার। তুমি ভালো থেকো এটাই চাই। বিশ্বাস করো ভীষণ কষ্ট হচ্ছে আমার। ভীষণ একা হয়ে যাচ্ছি। আর তোমার দিকে চাইতেও পারছি না। মনে হচ্ছে তুমি আর আমার নেই। তুমি অন্যের হয়ে আছো আজ। দুজন এক সাথে ভালো না থাকলে এক জন কে সরে যাওয়াটা মনে হয় ঠিক হবে। তাই আমি সব কিছু ছেড়ে চলে যাচ্ছি দূরে কোথাও। খুঁজো না আর আমাকে। তোমরা ভালো থেকো। ফ্ল্যাট তোমার নামেই আছে কোনো চিন্তা নেই। লক ডাউন এর জন্য অনেক গুলো টাকা শেষ হয়ে গেছে। সেভিংস এ বেশি কিছু রেখে যেতে পারলাম না। আমার একটা রেকারিং চলছিলো। পরের মাসে ম্যাচিওর হবে। খুব ইচ্ছা ছিলো একটা কার কিনবো। আর পারলাম না গো। হেরে গেলাম আজ। ভালো থেকো। যেভাবেই থাকো, যার কাছেই থাকো। ভালো থাকার অধিকার সবার আছে । সমাজের কথা ভেবে পিছিয়ে আসবে না কখনো। যদি মনে হয় তোমার কাছে ওটাই ঠিক তুমি ওটাই করবে । শুধু ভালো থেকো সব সময়। আমিও দেখো ,ঠিক ভালো থাকবোই তোমাকে ছাড়া। না থাকলেও, অভ্যাস ঠিক হয়েই যাবে। সত্যি কথা বলতে এক ছাদের নীচে এক সাথে বাস করতে করতে অনেক হাসি খুশি ,সুখ দুঃখ ভাগ করে নিলেও কোথাও না কোথাও একটা হৃদয়ের মধ্যে তোমার একটা শূন্যতা রয়ে গিয়েছিলো সেটা আমি কোনো দিনও বুঝতে পারিনি। তাই তোমাকে সব বন্ধন থেকে মুক্তি দিলাম। আইন আদালতের চক্করে যাওয়া মানে একটা নোংরা কাদা ছোড়াছুড়ি চলতে থাকবে বছরের পর বছর,মুক্তি পাবে না। তাই এটাই ভালো। ভালো থেকো সুমনা। খুব ভালো থেকো।

ইতি

যে আজ তোমার আর কেউ নয়।

13

ম্যাজিক

আগামিকাল 14ই জুলাই আমাদের সপ্তম বিবাহ বার্ষিকী।

প্রথম লাইন টা দেখে মনে হতে পারে অভিনন্দন জানাবেন কিনা।জানি এই কয় বছরে আমার কবিতা,আমার গান,আমার গল্প, অনলাইনে লাইভ অনুষ্ঠান দেখার পর এই ভার্চুয়াল জগতে একটা আলাদা পরিচিতি তৈরী হয়েছে।অনেকেই মাঝে মধ্যে খোঁজ খবর নেন।বেশ ভালো লাগে আপনাদের ভালোবাসা পেয়ে আমি নিজেকে ভীষণ ধন্য মনে করি।অপেক্ষা করি আপনাদের সাথে কথা বলার জন্য।খুব ভালো লাগে আপনাদের প্রশংসা পেতে।আপনাদের অনেকের অনুরোধের কবিতা পাঠ করতে ও ভীষণ ভালো লাগে।এই সব নিয়ে একটা আলাদা ভালো লাগার দেশ আমার। নিজেকে মনে হয় এক সুখী রাজা।না, রাজা বটেই তবে সুখী কোনো ভাবেই নয়।প্রেম আমাদের সাত বছর আগে থেকেই ছিলো,বিয়েও সাত বছরের।কিন্তু বিয়ের পরে এই সাত বছর খুব একটা প্রেমময় নয়।খুব যে ঝগড়া ,অশান্তি চলছে তাও নয়।তবে কবিতার প্রতি প্রেম যখন ছিলো না তখন কবিতা এসেছিলো জীবনে।না লাইনটায় কোনো ভুল নেই।আসলে আমার প্রেমিকার নাম "কবিতা"।দেখা - সাক্ষাৎ ,রাত জেগে গল্প করা,সব কিছুই ছিলো ভীষণ মধুর।সাধারণত সব প্রেম যেমন সফল হতে গেলে একটা কুরুক্ষেত্রের যুদ্ধের মুখোমুখি হতে হয় আমাদের ও তার ব্যতিক্রম হয়নি।দুই বাড়িতে তীব্র ঝড় ,তুফান সুনামী কাটিয়ে অবশেষে আমাদের চার হাত,চার পা ,দুই মাথা ...এক হলো।এক হওয়ার আনন্দ চললো দুই তিন বছর।জীবন রঙিন হয়ে উঠলো ভীষণ।স্বপ্ন গুলো সত্যি হতে হতেই এক সময় কর্মক্ষেত্রে বেশ কিছু সমস্যা শুরু হলো।প্রতিক্ষেত্রে বঞ্চনা এবং দুর্ভাগ্যের স্বীকার হতে লাগলাম।একই পোস্টে বছরের পর বছর আটকে গেলাম।আমার থেকে জুনিয়র এসে আমার বস হয়ে যেতে থাকলো।আমি সেই একটা জায়গায় থেমে গেলাম।অনেক অনুরোধ ,অনেক লড়াই করে যখন দেখলাম আমি হেরে যাচ্ছি! আর কোনো উপায় নেই। চাকরীর বয়স ও পেরিয়ে গেছে,অন্য কোনো জায়গায় আমাকে

নেবে না। খুব বুড়ো হয়ে গেছি! এটা ভাবলেই আমি আর নিজেকে সামলাতে পারি না। স্বপ্ন গুলো সব অধরাই রয়ে গেলো। এই সব ভুলতে ধীরে ধীরে বই পড়তে থাকি,কবিতা পড়তে থাকি। আমি

এবার প্রেমে পড়ি বাংলা কবিতার। দুজনকে মনে হয় এক সাথে ভালোবাসা যায় না। দুই কবিতা, দুই প্রেম। নতুন কবিতা লিখে শোনাতে গেলে দেখি অন্য কাজে ব্যস্ত হয়ে যায়। ভালো করে শোনেই না। কিছু লিখে পোস্ট করলেও কোনো দিন কিছু মন্তব্য পর্যন্ত করে না দেখে আমি আর বিরক্ত করতাম না। কবিতা গুলো বিভিন্ন গ্রুপে পোস্ট করলাম ।সবাই গ্রহণ করছে নতুন গল্প,নতুন কবিতা শুনতে চাইছেন। মেসেঞ্জারে আলাদা করে ভালো লেগেছে এটা জানাচ্ছেন এটা একটা আলাদা তৃপ্তি লাভ। এই ভাবে আমার প্রাপ্তি গুলো কর্মজীবনের ব্যর্থতা গুলোকে ঢেকে দিয়ে যাচ্ছিলো। জীবন টা একটা সৃষ্টির মধ্য দিয়ে কেটে যাচ্ছিলো। সব সময় কবিতা ,গল্পের প্লট ভাবছিলাম। দিন রাত এই ভাবনায় কেটে যায়। এসব ভাবতে ভাবতে একদিন হটাৎ করেই কবিতা আমায় বলে "তুমি তোমার নতুন জীবন নিয়ে ভালো আছো। আমার তো আর থাকার কোনো প্রয়োজন নেই। তাই আমি চলে যাচ্ছি তোমার থেকে অনেক দূরে। আমার মনে হচ্ছে আমি ডিপ্রেশনের স্বীকার হতে চলেছি। এই কবিতা এই গান আর আমি নিতে পারছি না। তুমি হয় এগুলো বন্ধ করো অথবা আমাকে মুক্তি দাও।"

হটাৎ করেই যেনো একটা ভূমিকম্প হলো আমার জীবনে। কোনো কিছু বলে ওকে বোঝাতে পারিনি। খুব বেশি জোর ও করতে পারছিলাম না কারণ ওর অভিযোগ গুলো সত্যিই ভীষণ সত্যি। আমি এমন ভার্চুয়াল জগতের নেশায় মেতে আছি,এটা যে তার পরিণাম হবে তাতে কোনো সন্দেহ ছিলো না। ও চলে গেলো বাপের বাড়ি তে। ভেবেছিলাম যে রাগ কমলে বোঝাবো, তখন ফিরে আসবে। কিন্তু দু মাস হয়ে গেলো তবু এই রাগ কমাতে পারছিলাম না। এদিকে যত টা মন দিয়ে লিখতাম সেই একাগ্রতা নিয়ে কিছুতেই কিছু লিখতে পারছিলাম না। কবিতা ,গল্প ,গান সব কিছু থেকে যেনো দূরে সরে যাচ্ছিলাম। অনলাইন গ্রুপ গুলো থেকে সরে যেতে লাগলাম। নিজের পেজ এ ও কিছু পোস্ট করতাম না। মাঝে মধ্যে লিখতে চাইলে শুধু মাত্র হতাশার কবিতা বেরিয়ে আসছে। একদিন একটা কবিতা পোস্ট করলাম হতাশায় সুইসাইড করার জন্য ঘুমের ওষুধ খেয়ে মৃত্যুকে স্পর্শ করার ঠিক আগের মুহূর্তে নিজের কষ্ট ও অনুশোচনার মূহর্ত নিয়ে। পোস্ট করার তিন মিনিটের মধ্যেই মেসেঞ্জার তে ভয়েস কল। অজানা মহিলার কন্ঠ।

---দীপক বাবু?

---হ্যাঁ। কে বলছেন?

----আমি কবিতা।

---এ্যা! আবার কবিতা! (কবিতা ছাড়া তো আর জীবনে কিছুই আসছে না দেখছি।) কি দরকার বলুন তো?

---আমি আপনার পেজের একজন ফ্যান ।আপনার প্রতিটি লেখা আমার ভালো লাগে। অনেক দিন ধরে আপনি কোনো কবিতা/গল্প পোস্ট করেন নি। আমি ভাবলাম যে একটা খুব সুন্দর গল্প পেতে যাচ্ছি হয়তো। কিন্তু এটা আপনি কি করলেন? এত বাজে কি করে আপনি লিখতে পারলেন?একেবারেই আপনার সাথে যায় না। আপনার প্রেমের কবিতা,ভালোবাসার গল্প গুলো আমি পড়তে এতো টাই ভালবাসতাম যে মনে হয় আমি আপনার প্রেমে পড়ে যাই।

---কি বলছেন আপনি? এসব উল্টোপাল্টা? আমি বিবাহিত।

---তাতে কি? বিবাহিতরা কি ভালোবাসতে পারে না?

----এই রে! কি জবাব দিই এখন! আচ্ছা শুনুন না ! রাত বারোটা বেজে গেছে। কাল কথা হবে!

----কি করবেন ফোন রেখে দিয়ে? ঘুমাবেন তো না!

---সেটা আলাদা বিষয়! কিন্তু এতো রাতে আমি অচেনা এখন মহিলার সাথে কথা বলাটা ঠিক মনে করছি না। কাল সকালে ফোন করবেন কথা হবে।

----এতো ভয় পান কেনো?গিন্নি তো নেই সাথে! পুরুষ মানুষ এতো ভয় পেলে চলে? এই তো সুযোগ!

-----প্রচণ্ড রেগে গিয়ে বললাম...ফোন রাখুন আগে। আমার ব্যাক্তিগত জীবনে মাথা গলাতে আপনাকে কে বলেছে। আর কোনো দিন ফোন করবেন না আমাকে। আমার পেজ এটা ! আমার যা খুশি পোস্ট করবো। ভালো লাগলে পড়বেন না হলে ছেড়ে বেরিয়ে যাবেন। এতো আদিখ্যেতা দেখতে আসবেন না।

এই বলে ফোন টা কেটে দিয়ে বন্ধ করে দিলাম। শুয়ে শুয়ে মহিলার কথাগুলোই ভাবছিলাম! কে উনি? এত রাতে ফোন করলেন কেনো? আর নাম কবিতা বলছেন। আমার সাথে দুটো কবিতা কখনো এক হচ্ছে না কোনো ভাবেই। এক জন এলে আরেকজন বেরিয়ে যাচ্ছে। সেটা মানুষ হোক কিংবা কবিতা! কিন্তু এবার কি হতে যাচ্ছে আমার সাথে? তবে মহিলার কন্ঠস্বর কেমন যেনো চেনা চেনা । এখনও বুঝতে পারছি না কে। কবিতার গলা এটা নয়! তাহলে কে?এই চিন্তায় আর ঘুম এলো না।

সকালে ফোন অন করা মাত্রই মেসেঞ্জারে পর পর অনেক গুলো মেসেজ।

"এতো রাগ ভালো নয় দীপক বাবু! নিজে ঘুমালেন না আর আমাকেও ঘুমাতে দিলেন না। কষ্ট পেলেন আমার জন্য? আপনি নিজে এতো প্রাণোচ্ছল মানুষ , এতো সুন্দর সুন্দর সৃষ্টি করেন আপনার লেখাটা আমার গত কল ভালো লাগে নি তাই জানালাম। আমি আপনার খুব বড় একজন ফ্যান। অনেক গ্রুপে আমি আপনাকে ফলো করি। আপনি গ্রুপে কোনো লেখা দিচ্ছেন না,পেজ তে ও inactive! তাই আপনার লেখা না পড়তে পেরে আমার খুব ফাঁকা ফাঁকা লাগছিলো। যদি কিছু ভুল করে থাকি ক্ষমা করবেন! কালকের রাতের জন্য দুঃখিত। আমি আর আপনাকে কোনো বিরক্ত করবো না। আপনার পেজ আপনি যা খুশি পোস্ট করুন। শুধু একটাই অনুরোধ কবি ,লেখক ও

শিল্পী দীপক রায়কে নিজের হাতে শেষ করবেন না। সৃষ্টি সবাই করতে পারে না। আপনার জীবনে অনেক কিছু আসবে , যাবে, সেগুলো জীবনের অংশ। কিন্তু আপনি যদি নিজের সৃষ্টি গুলোকে হটাৎ করে থামিয়ে দেন,আমাদের মতো কবিতা প্রেমী সাধারণ মানুষ বঞ্চিত হবো। এমনিতেই মানুষ বই কিনে পড়া ভুলে গিয়েছে। আপনার লেখা পড়ার পর মনে হচ্ছে বাংলা সাহিত্য এখনও মাথা উচুঁ করে দাঁড়িয়ে আছে,আপনাদের মতো গুণী মানুষদের জন্য। আপনি নামহীন এক নক্ষত্র। এত ভালো লেখেন, সেই জন্য আপনাকে হারিয়ে যেতে দেখলে সত্যিই খুব কষ্ট হয়। প্লিজ হারিয়ে যাবেন না। বাংলা সাহিত্য কে নতুন পথ দেখান। "

লেখাটা পড়ার পর মনটা কেমন যেনো একটা অচেনা খুশিতে ভরে উঠলো। সত্যিই তো! আমি প্রতিষ্ঠিত না হলেও কিছু তো ভালো লেখার চেষ্টা করি। এতো মানুষের ভালোবাসা কি কম দামী? না আমি লেখা বন্ধ করবো না !নতুন করে লিখবো জীবনের কবিতা। মানুষের কবিতা ,মানুষের গল্প। খুব ইচ্ছা করলো একবার ভদ্রমহিলাকে একটা ধন্যবাদ জানাতে। উনি না এটা মনে করালে আমি হয়তো সব কিছু হারিয়ে ফেলতাম। মেসেজ করতে যাওয়ার ঠিক আগেই কবিতার মেসেঞ্জার তে ভয়েস কল এলো।

---কি রাগ কমলো দীপক বাবু?

----দুঃখিত গত কাল আপনাকে আমি ভুল বুঝেছিলাম। আপনি আমাকে নতুন করে লেখা শুরু করার জন্য মোটিভেট করলেন। কি বলে যে ধন্যবাদ জানাবো আপনাকে!

----একটা কথা আমি আপনার চেয়ে ছোটো। আমাকে তুমি বলবেন প্লিজ।

---না মানে! আপনি টাই ঠিক আছে।

----এক দম ঠিক নেই। আপনার স্ত্রী তো নেই! এত ভয় কিসের তুমি বলতে? খুব ভয় পান?

----না ভালোবাসি ওকে ভীষণ। ভয় পাই না। আসলে আমার নিজেরই ভুলের জন্য একটা ভালো মেয়ের জীবন শেষ হয়ে গেলো তাই খুব অনুশোচনা হয়। আমাকে যখন ভালোবেসেছিলো তখন আমার অন্য কোনো দিকে আগ্রহ ছিলো না। বিয়ের পর অফিসের এত বঞ্চনা, চাপ থেকে মুক্ত হতে গিয়ে আমি লেখা লিখি তে মন দিই। আর এর পর আমার এটা নেশার মত পেয়ে বসে। হটাৎ করে এক একটা ভাবনা চলে আসে ,না লিখতে পারলে যদি হারিয়ে যায়? সেই ভয়ে দিন, রাত ,সময় ভুলে শুধুই লিখতে থাকি! ও আমার জন্য চা এর টেবিলে অপেক্ষা করতো ,আমি লেখা নিয়ে এতো ভাবতাম যে ও কি বলতো আমি ভালো করে শুনতাম ই না অনেক সময়। আজ ও চলে যাওয়ায় বুঝতে পারছি আমি কতটা ভুল করেছি। মানুষের জীবনের এত কথা লিখি, কত ভালোবাসার কবিতা লিখি। নিজের কাছের মানুষটার কথা কোনো দিনও বুঝলাম না। আমি ক্ষমা চাইবো ওর কাছে! ও ছাড়া আমার এই জীবনের কোনো দাম নেই। আমি ওকে ছাড়া মনে হচ্ছে শেষ হয়ে যাবো। জানেন আজ আমাদের সপ্তম বিবাহ বার্ষিকী?অথচ ওই মানুষটা

আমার কাছে নেই!

----আচ্ছা এখন যদি দরজা খুলে দেখেন যে আপনার প্রিয় মানুষটি আপনার দরজা খোলার অপেক্ষায় রয়েছে?

---না না সেটা হওয়ায় নয়। আমি অনেক বার চেষ্টা করেছি । বোঝাতে পারিনি। এটা হবার নয়।

----আমি ম্যাজিক করতে পারি জানেন?আপনি ১০ গুনবেন তার মধ্যে কলিং বেল বাজবে ,দরজা খুললেই আপনার স্ত্রী কে নিয়ে আমি এসে যাবো।

---কি যে বলেন।

---বিশ্বাস হচ্ছে না?? কাউন্ট করুন ১.২.৩.৪......১০

---দশ বলা মাত্রই বেল বাজলো। আমি ভয় পেয়ে গেলাম ! এটা কি করে সম্ভব?

----কি হলো? ফোন টা রেখে দরজা খুলুন। আমি কিন্তু আবার বউকে নিয়ে চলে যাবো। কি যাবো?

----প্রচণ্ড উত্তেজনা ও কৌতূহল নিয়ে দরজা খুলে দেখি কবিতা আমার সামনে সেই পরিচিত মিষ্টি একটা হাসি নিয়ে দাঁড়িয়ে আছে।

----আমি স্বপ্ন না বাস্তবে আছি ভাবার আগেই কবিতার পিছন থেকে আমার শালী সুপর্ণা একটা ফুলের তোড়া নিয়ে বলে উঠলো " happy anniversary dear জামাইবাবু এবং দিদি"

----একি তুমি??

---কি দীপক বাবু ? লেখার জগতে হারিয়ে গেলে হবে ? একটা শালী যে আপনার আছে সেটাও ভুলে গিয়েছেন। দিদি কে তো ভুলে যাচ্ছিলেন প্রায়। গলা শুনে চিনতে পারলেন না? অদ্ভুত মানুষ মশাই আপনি!

---তাহলে কবিতা নামের প্রোফাইল টা তোমার?

---না মশাই ! ওটা দিদির প্রোফাইল । যখন থেকে আপনি লুকাতে চেষ্টা করেছেন আপনার কষ্ট গুলো। তখন থেকেই দিদি আপনাকে পরোক্ষ ভাবে পাশে থাকতে চেয়েছে। আপনার কবিতা পড়ার জন্য প্রতিটি গ্রুপে জয়েন করেছে। আপনার লাইভ দেখার জন্য ,আপনার চোখে মুখে খুশির প্রকাশ দেখার জন্য অপেক্ষা করেছে। তুমি ঘর বন্ধ করে লাইভ করতে। দিদি তোমার কবিতার জন্য অন্য নাম দিয়ে তোমাকে উৎসাহ দিয়ে এসেছে এতো দিন ধরে। তোমার প্রতিভা বিকশিত হোক সেটাই চেয়ে এসেছে এতো দিন ধরে। কিন্তু আপনি হারিয়ে যান সেটা ও কোনো দিন চায়নি। তাই আবার ফিরে এসেছে । এবার একটু খেয়াল রাখবেন আমার দিদির দিকে। "

---সত্যিই ভুল হয়ে গেছে গো। অনেক ভুল বুঝেছি । ভেবেছিলাম আমার কবিতা তোমাদের ভালো লাগে না। আমিও অনেক অবহেলা করেছি ভার্চুয়াল জগতের নেশায়। আর নয়। আগে আমার পরিবার। তারপর আমার সৃষ্টি। আজ থেকে আমি লিখবো, তবে অবসর সময়ে। তোমাকে সময় দেবো। এসো প্লিজ ভিতরে এসো। আজ

আমি নিজের হাতে সব কিছু বানিয়ে তোমাদের খাওয়াবো। এসো ভিতরে এসো। আর বাইরে নয়।

14

ফেয়ার ওয়েল

গত কাল ছিলো আমার কর্ম জীবন থেকে অবসর নেওয়ার দিন। প্রায় বত্রিশ বছরের কর্মজীবন শেষ হওয়ার পর দিন গুলো এবার কেমন করে কাটবে সেটা ভেবে মন টা খারাপ লাগছে। গত কাল যখন অফিস থেকে বিদায় দেওয়া হলো...অনেকেই নানান রকম স্মৃতি চারণা করছিলেন,কেউ কেউ এতটাই ভালো বাসতেন যে কথা বলতে পারছিলেন না। সংক্ষিপ্ত বক্তব্য রাখতে গিয়ে অনেকের আবেগে চোখ থেকে জল ও আসছিলো। এ সব দেখতে দেখতে কখন যে নিজেই ইমোশনাল হয়ে গেলাম বুঝতে পারলাম না। মনকে তো সান্ত্বনা দিয়েই রেখেছিলাম অনেক আগে থেকেই , "যেতে এক দিন সবাইকেই হবে। আমি তার ব্যতিক্রম নই।"

সবার শেষে আমার বক্তব্য রাখলাম । আগে থেকে কি বলবো ভেবে রাখা ছিলো না। দীর্ঘ দিন থেকেই আমি কবিতা ও সঞ্চালনার কাজের সাথে যুক্ত চাকরীর পাশাপাশি। সেই কারণে খুব একটা কিছু সাজানোর ছিলো না কথা গুলোকে। এত বছর কি ভাবে কেটে গেলো সত্যিই বোঝা গেলো না। আমার শুভাকাঙ্ক্ষী এবং বাকী সবাইকে অসংখ্য ধন্যবাদ এবং আগামী দিনে সবার এবং সংস্থার ভালো কামনা করে আমার বক্তব্য শেষ করলাম। অনেক উপহার পেলাম আজ। রঙিন বাক্সে প্যাক করা। ভিতরে কি আছে জানি না। বেশ ভালো লাগছিলো। সবাই আমাকে কত ভালোবাসতো সেটা আজ অনুভব করতে পারছি। সব ঠিক ছিলো। যখন দেখলাম সেই উপহারের তালিকায় একটা লাঠি রয়েছে এবং সেটা বাইরে থেকেই দেখতে পাওয়া গেলো,মনটা ভারী হয়ে গেলো ।এবারে সত্যি সত্যিই বুড়ো হয়ে গিয়েছি। পাশে আমার স্ত্রী বন্দনার মুখের দিকে চাইলাম। আমার চেয়ে বেশি কষ্ট ওর ,সেটা বুঝতে অসুবিধা হচ্ছে না একটুও। কাল সকাল থেকে আর ঘুম থেকে আমাকে ওঠানোর তাড়া নেই, আমাকে সকাল সকাল বাজার করতে বলার জন্য কোনো কথা নেই,সকালে এক সাথে দুজনের চা খাওয়া টা ....না এটা হবে। এটা হয়ে আসছে ,এটা চলবে , যত দিন বেঁচে আছি দুজন। আমাদের জীবন থেকে অনেক কিছুই

চলে গেছে । ধরে রাখতে পারিনি ! তবে দুজনে চেষ্টা করেছি অনেক। এগারো বছর আগে, একটা পথ দুর্ঘটনায় আমাদের ছেলে আকাশ আমাদের ছেড়ে অনেক উচুঁতে চলে যায়! ব্যাঙ্গালোর তে ডাক্তারি পড়তে গিয়েছিলো। এক দিন দুপুরে হঠাৎ আমার ফোনে কল আসে । বলা হয় "আপনি তাড়া তাড়ি চলে আসুন।আপনার ছেলের অবস্থা খুব খারাপ।একটা মেজর অপারেশন করাতেই হবে ব্রেনের ।আপনাকে আসতেই হবে।"

আর সেদিন ,কাউকে কিছু বলিনি! সাথে সাথে এজেন্ট এর কাছ থেকে টিকিট কেটে ফ্লাইটে করে চললাম আকাশের কাছে - আকাশে উড়তে উড়তে। আমার বেতন খুব বেশি ছিলো না সেই সময়। অনেক কষ্ট করে আকাশ কে মানুষ করছিলাম। খুব ভালো ছিলো পড়াশুনায়। আমার ইচ্ছা ছিলো , আমরা সবাই এক সাথে ফ্লাইটে করে ওর কলেজে ভর্তি করাতে যাবো।কিন্তু অনেক গুলো টাকা লাগবে বলে ছেলে নিজেই বলেছিল " না বাবা ! কোনো দরকার নেই। আমি যেদিন প্রথম রোজগার করবো ,সেদিন আমি তোমাদের নিয়ে ফ্লাইটে করে ঘুরতে নিয়ে যাবো।এখন আমরা ট্রেনে করেই যাবো।"

সেদিন প্রথম বার ফ্লাইটে উঠেছিলাম। অনেকেই দেখছিলাম সেলফি তুলছে। কেউ কেউ জানালা দিয়ে আকাশের মেঘ গুলো দেখছিল । কেউ শহর টা কে ছোটো হতে হতে মিলিয়ে যেতে দেখছিল। আমি কিছুই দেখছিলাম না।চোখ বন্ধ করে ঠাকুরকে ডাকছিলাম।বাড়িতে বন্দনাকেও তখনও কিছু বলি নি। ফিরে এসে সব বলবো। আগে ছেলে বিপদমুক্ত হোক। যখন হসপিটালে পৌঁছালাম - দেখলাম, সাদা পোশাক পরা মেডিকেল কলেজের অনেক জন ছেলে ভিড় করে দাঁড়িয়ে আছে। সবার মুখ বিষণ্ণতায় ভরা। বুঝেছিলাম, ফ্লাইট যতই সময় মত আসুক না কেনো,আমি সময় মতো আসতে পারিনি। ডাক্তার বাবু বলেছিলেন " সরি কিছু করতে পারলাম না! এত টা ক্রিটিক্যাল সিচুয়েশান যে আমরা কিছুই করার মত চেষ্টা টুকু করতে পারলাম না। প্লিজ নিজেকে একটু সামলান।আপনাকে শক্ত থাকতেই হবে।"

সত্যিই তো আমার ছেলে চলে গিয়েছে,আমাদের স্বপ্ন ,আমাদের ভবিষ্যত সব কিছু শেষ হয়ে গিয়েছে,কিন্তু আমাকে শক্ত থাকতেই হবে।কিছু না বলে বাড়ি থেকে চলে এসেছিলাম,অফিসেও কাউকে কিছু জানাই নি। কি মুখ নিয়ে আমি বন্দনার কাছে দাঁড়াবো! অনেকক্ষণ কেঁদেছিলাম, অনেকেই এসে সান্ত্বনা দিয়েছিল,কিন্তু কাজে কিছুই আসে নি। যার কষ্ট তাকে তো পেতেই হবে।এটাই তো নিয়ম! রাতের দিকে ফোন করে বন্দনাকে বলেছিলাম, " অফিসের কাজে হঠাৎ করে আমাকে পাঠিয়ে দিলো বাইরে। মনে হয় এক দু দিন লেগে যাবে ফিরতে ।তুমি কোনো চিন্তা করবে না।আমি ফোন করবো। রোমিং হচ্ছে । তোমায় ফোন করতে হবে না, প্রয়োজনে আমি করবো। নিজের খেয়াল রেখো।"

বলে ফোন কেটে দিয়েছিলাম। কারণ ও বলতে শুরু করলে আমি আর কিছুই লুকাতে পারতাম না। অন্তিম সৎকার এবং অন্যান্য কাজ শেষ করতে আরও দু দিন লেগে গিয়েছিল। আবার ফ্লাইটে করে চলে এসেছিলাম ঘরে। ঘরে এসে দেখেছিলাম সব

ঠিক আছে! ও কিছু সন্দেহ করছে না। তেমন কোনো প্রশ্নই করছে না যেটার উত্তর দিতে আমার অসুবিধা হয়। কয়েক দিন পর এক দিন রাতে হঠাৎ করেই আমাকে অবাক করে দিয়ে জিজ্ঞাসা করেছিল, " আমাকে তো কোনো দিন কিছু তুমি লুকাও না। তুমি আমাকে মিথ্যা কথা কেনো বলেছিলে সেদিন? একা একাই সব দায়িত্ব পালন করে এলে? আমি মা , আমার কোনো অধিকার ছিল না, ছেলেকে দেখবার?? বিপদে আপদে ছেলের কাছে যেতে আমি কি পারতাম না? একাই চলে গেলে !আমাকে শেষ দেখাটাও দেখতে দিলে না? কি করে পারলে তুমি? ঘরে এসেও কিছু বললে না। "

আমি অবাক হয়ে বলেছিলাম, " তুমি কি করে জানলে?" বন্দনা কাঁদতে কাঁদতে বলেছিল " ইন্সুরেন্স থেকে ফোন করেছিলো তুমি অফিস যাওয়ার পর। আমি কিছু উত্তর দিতে পারিনি! এত কিছু ঘটে গেলো আর আমি জানতেই পারলাম না। আমার কোল যে খালি হয়ে গেলো! আমি তোমাকে কোনো দিন ক্ষমা করতে পারবো না !"

আমি কিছু উত্তর দিতে পারি নি। সেদিন থেকে নিজেই নিজের কাছে অপরাধী হয়ে গেছি। সকালের চা খাওয়া টা আর এক সাথে হলেও, আমাদের সেই কথা আর হতো না। শুধু দরকার ছাড়া আর কোনো কথা হতো না।এই ভাবেই চলছিলো জীবন। দূরত্ব বাড়তে বাড়তে আমার মধ্যে একাকীত্ব চলে আসে। এসব থেকে বেরোবার জন্য কবিতা ,গান নিয়ে ব্যস্ত হয়ে পড়লাম।এখানের একটা ক্লাবের নিয়মিত শিল্পী হয়ে উঠলাম।একাই সঞ্চালনা করতাম। সব অনুষ্ঠান সেই থেকে আমিই আয়োজন করি। কাল শেষ দিন ,শেষ অনুষ্ঠান আমার এই ক্লাবে। শেষ সঞ্চালনা। সেটা ভেবেই মন টা খুব খারাপ। এত বছর ধরে অনেক কষ্ট ভুলে গিয়েছি এই কবিতা ,গানের মধ্য দিয়েই। পরের দিকে অবশ্য বন্দনা বুঝতে পেরেছিল, যে আমি কত টা কষ্ট বুকের মধ্যে চেপে রেখে সত্য টা গোপন করেছিলাম। ধীরে ধীরে ,কথা শুরু হয়। ও অনুষ্ঠানে যাওয়ার আগে আমাকে পাঞ্জাবি বার করে দিত, তারপর থেকে। মাথার চুল ঠিক করে দিত। সময় করে অনুষ্ঠানের আগে নিজে চলে আসত। সামনের সারিতে বসে অনুষ্ঠান শুনতো।আমার কবিতা শুনে মুগ্ধ হতো। অনেক দিন পর মুখের হাসি দেখতে পেয়েছিলাম। আমি সব কষ্ট ভুলতে চেষ্টা করতাম ওর মুখের দিকে চেয়ে। এসব আর থাকবে না, ভুলে থাকার, ভুলিয়ে রাখার আর কিছু থাকবে না, এই ভেবে খুব কষ্ট হচ্ছিল।

গতকাল, আমার কর্মজীবনের শেষ দিনে ওর চোখে মুখে যেনো আবার কিছু হারিয়ে যাওয়ার যন্ত্রনা স্পষ্ট। অনুষ্ঠান শেষে আমরা সবাইকে ধন্যবাদ জানিয়ে অনেক কষ্টের মধ্যেও মুখে হাসি রেখে বিদায় জানালাম। এক সাথে হাত ধরে গাড়িতে গিয়ে বসলাম।সবাই বাইরে দিয়ে হাত নাড়িয়ে টা টা দিয়ে বললো "ভালো থাকবেন মন্ডল বাবু।"

আমরা আমাদের শেষ ইনিংস শুরু করার জন্য আমার প্রাণের চেয়েও প্রিয় কর্মক্ষেত্র থেকে বেরিয়ে পড়লাম শেষ বারের জন্য।পিছনে অনেক স্মৃতি,আবেগ,অনেকের আসা

যাওয়া বার বার করে গাড়ির সামনের কাচের মধ্যে যেনো ভেসে উঠতে লাগলো। এক সময় মনে হলো যে আর কিছু দেখতে পাচ্ছি না । রাস্তা নেই সামনে। স্ত্রী পাশ থেকে বলে উঠলো " চোখ টা মুছে নাও। চশমা টা ও। কষ্ট হচ্ছে খুব তাই না?"

আমি চমকে উঠলাম ।আমার চোখে এত জল কেনো? যেতে সবাইকেই তো হবে।আমি বললাম " না তেমন কিছু নয়।কাল থেকে সারা দিন তোমার সাথে থাকবো। কষ্ট হবার কথা তো নয়।"

তার পর দুজন ঘরে চলে এলাম।

আজ বিকালে অনুষ্ঠান ক্লাবে। এটাই আমার শেষ অনুষ্ঠান। মন খারাপ লাগছে। পরশু দিন অফিসের কোয়াটার খালি করে দিয়ে গ্রামের বাড়িতে চলে যাবো।আজ আমার ফেয়ার ওয়েল এর ব্যবস্থা করেছে ক্লাব থেকে। বিকালে বন্দনা আমাকে পছন্দের সাদা তসরের পাঞ্জাবি বের করে দিলো। বললো," তুমি আগে চলে যাও।আমি একটু পরেই আসবো।"

আমি বললাম "ঠিক আছে।আমি একটু আগেই যাই।কাল থেকে তো আর দেখা হবে না কারো সাথে।খুব মিস করবো।" এই কথা বলে আমি বেরিয়ে গেলাম ।

আজ কি অনুষ্ঠান একটু আগেই শুরু হয়ে গিয়েছে? প্রতি বার আমি সবার আগে আসি! দর্শক আসে না। হেলে দুলে এক ঘন্টা পরে আসে। অনুষ্ঠান শেষ করতে অনেক দেরি হয়ে যায়।আজ আমি আসার আগেই এত দর্শক?হলে একটাও সিট খালি নেই! আমাকে সবাই এত ভালোবাসে? আমার লাস্ট অনুষ্ঠান আর ফেয়ার ওয়েল তে এত লোক! স্টেজে গিয়ে মাইক নিয়ে বললাম " নমস্কার ।শুভ সন্ধ্যা! আমি অনিরুদ্ধ মন্ডল ।আমাদের প্রগতি সংঘ ক্লাবের পক্ষ থেকে সবাইকে শুভ সন্ধ্যার শুভেচ্ছা" I দর্শক বন্ধুরা আমার দিকে অবাক হয়ে চেয়ে আছে।এমন করে আগে কোনো দিন দেখতে দেখিনি। যাই হোক আমি শুরু করলাম " আজি এ প্রভাতে রবির কর " কিন্তু কেউ শুনছে না মনে হলো।আমি অবাক হলাম! আমার কবিতা কি খারাপ হচ্ছে? হঠাৎ চমকে উঠলাম।চঞ্চল দার মাইকে শব্দ শুনে।আর একটা মাইক নিয়ে বলছে " আপনারা জানেন যে গত কাল রাতে অনিরুদ্ধ বাবুর একটা হার্ট অ্যাটাকে আমাদের থেকে অনেক দূরে চলে গিয়েছেন। উনি আর আমাদের মধ্যে নেই।আমরা সবাই তাঁর অকাল মৃত্যুতে গভীর শোক প্রকাশ করছি।আজকের স্মরণ সভা তে উপস্থিত হওয়ার জন্য অনেক অনেক ধন্যবাদ।"

"কি উল্টো পাল্টা বকছে চঞ্চল? আমি স্টেজে আছি অথচ আমাকে.... একি স্টেজের মাঝে আমার ছবিতে মালা কেনো? সামনে ধূপ কেনো? এই আমি মরি নি! আমি মরতে পারি না।আমার অনেক কথা বলার আছে।আমার বুকে অনেক কবিতা আছে জমা হয়ে।" রেগে গিয়ে আমি হাতের মাইক টা ছুড়ে মারলাম চঞ্চলের মাথা লক্ষ্য করে।লাগলো কিন্তু চঞ্চল কোনো কিছু অনুভব করলো না।যেনো কিছুই হয় নি। এমন সময় কে এসে আমার হাত টা শক্ত করে ধরলো আমি পিছন ফিরে দেখি বন্দনা!

" কি হয়েছে ? খারাপ কিছু স্বপ্ন দেখেছ? এত উত্তেজিত কেনো তুমি? "

আমি চমকে উঠে চোখ খুললাম। দেখি আমি বিছানায় শুয়ে আছি। বন্দনা আমার হাত শক্ত করে জড়িয়ে রেখেছে।

"আমি জানি তো তোমার মধ্যে অনেক কবিতা ,অনেক কথা জমে আছে,সেগুলো তুমিই বলবে! অন্য কেউ নয়। ওঠো চা করছি। "

" এই সুন্দর পৃথিবী থেকে মন যেতে নাহি চায় , নাহি চায়। "

ভাগ্য ভালো যে এটা একটা স্বপ্ন ছিলো। আমি এই ভাবে ফেয়ার ওয়েল নিতে পারবো না।

15

কল্পনা

বেশ কয়েক বছর আগেকার কথা।আমি তখন ফেসবুকে নতুন জয়েন করেছি।বেশ ভালো লাগছিলো বেশ নতুন নতুন বন্ধু বান্ধব হচ্ছে।আমি সবে গল্প লেখা শুরু করেছি।বেশ কয়েক জন নিয়মিত পাঠক পেয়েও গেলাম।আমাকে ফলো করতে শুরু করেছে অনেকেই।গল্প গুলো অনেকের পছন্দ হওয়ায় প্রায় সময় আমার মেসেঞ্জার তে অনুমতি চাইতেন কেউ কেউ পাঠ করার জন্য।আমি কাউকে না বলি নি কোনো দিন।আমার ফ্রেন্ড লিস্টের বাইরেও অনেক চ্যাট রিকুয়েস্ট আসতো।মাঝে মধ্যে দেখে ঠিক মনে হলে, কথাও বলতাম।এই ভাবে চলছিলো সব কিছু।খুব বেশি লিখতাম না।কিন্তু যেটা লিখতাম সেটাকে এমন ভাবে ফুটিয়ে তুলতে চেষ্টা করতাম যাতে পাঠকের মনে হয় ঘটনাটি আমার জীবনে সত্যিই ঘটে যাওয়া কাহিনী তুলে ধরছি।এক দিন গভীর রাত আমি একটা গল্পের প্লট ভাবছিলাম হটাৎ করে মেসেঞ্জার তে একটা মেসেজ এলো

" নমস্কার ।আমি আপনার লেখার খুব বড় ফ্যান। পরিচয় হলে খুব খুশি হবো।"

আমি লিখলাম "আন্তরিক ধন্যবাদ ।আপনার নাম?"

উত্তর এলো " আমি কল্পনা রায়।থাকি কলকাতার বেহালায় ।আপনি?"

"আমি যাদবপুরে থাকি। আপনি কি করেন?"

---- একটা স্কুলে পার্ট টাইম জব করছি।আপনার লেখা গুলো এত সুন্দর যে মন ছুঁয়ে যায়।কি করে যে এমন সুন্দর লেখেন ! অবাক হয়ে যাই।"

----- আবারও আপনাকে অসংখ্য ধন্যবাদ।ভালো থাকবেন ।শুভ রাত্রি।

এই কথা বলে চ্যাট শেষ করে লেখায় মন দিলাম।লেখা শেষ করতে প্রায় আড়াই টা বেজে গেলো।টেবিলের ওপরে মাথা রেখে ঘুমিয়ে পড়লাম সেই রাতে।সকালে ঘুম থেকে উঠে একটা গুড মর্নিং মেসেজ পেলাম।দুপুরে শুভ দুপুর ,এর পর শুভ সন্ধ্যা এবং শুভ রাত্রি। এই রকম মেসেজ প্রতিদিন আসতে শুরু করে।আমি অফিসের কাজে থাকতে

থাকতে মাঝে মধ্যে উইশ করি,মাঝে মধ্যে মেসেজ দেখাই হয় না। কিন্তু এক দিন মনে হলো। উনি প্রতি দিন নিয়ম করে আমাকে শুভেচ্ছা জানাচ্ছেন আর আমি ওনাকে সময় দিচ্ছি না। এটা মনে হয় ঠিক হচ্ছে না। এত টা ব্যস্ত আমি নই হয়তো। তাই আমিও ওর মেসেজের সাথে সাথে রিপ্লাই দিতে শুরু করি। আবার এক দিন রাতে কথা হলো ।

কেমন আছেন?

ভালো আছি ।আপনি?

----এই তো চলে যাচ্ছে। আপনি আর লিখছেন না তো কিছু প্রায় দশ বারো দিন হয়ে গেলো।

----হ্যাঁ ,আসলে কোনও নতুন টপিক মাথায় আসছে না। উল্টোপাল্টা কিছু লিখবো না বলে অপেক্ষা করছি। কোনো ভালো প্লট যদি মাথায় এসে যায় তখন লিখবো।

----- তা ই ভালো। আমি কি একটা কথা বলবো?

---- হ্যাঁ বলুন না।

---- আমার একটা বান্ধবীর বিয়ের পর সংসারে খুব অশান্তি চলছে। স্বামীর সাথে ভীষণ ঝগড়া ।মাঝে মধ্যে গায়ে হাত ও উঠে যায় ও খুব হতাশ হয়ে পড়েছে। দু একবার নিজেকে শেষ করে দেওয়ার চেষ্টাও করেছে। আপনি কি পারেন কিছু করতে?

---- আপনি ভুল ভাবছেন।আমি কি করবো এই ব্যাপারে? ওনাদের বিষয় টি মিটিয়ে নিতে বলুন আলোচনা করে। নয়তো আইনের সাহায্য নিতে বলুন।

--- আপনার কি কিছুই করার নেই? আপনি কি পারবেন না এমন একটা লেখা সৃষ্টি করতে, যেটা পড়ার পর ওদের ভুল বোঝাবুঝি চিরকালের মতো দূরে চলে যায়?

---- আচ্ছা চেষ্টা করবো। ঘটনাটি সংক্ষেপে আমাকে জানান। তবে আমাকে তাড়া তাড়ি করতে বলবেন না। সময় পেলে লিখবো।

----- ঠিক আছে।

এই বলে সমস্ত ঘটনাটি আমাকে জানালেন। বেশ সমস্যায় ভদ্র মহিলা। বিয়ের কয়েক বছরের মধ্যে স্বামী স্ত্রীর মধ্যে ডিভোর্সের মামলা। ভদ্র মহিলার কাছে ওনার ছয় বছরের একটা মেয়ে। মেয়েটিকে ঘিরেই আপাতত মহিলার সব স্বপ্ন। তাকে মানুষ করতে গিয়ে নিজে সারা দিন বিশ্রাম নেওয়ার সময় পাচ্ছেন না। স্কুল থেকে বাড়িতে না ফিরে অনেক গুলো টিউশন সেরে উনি বাড়িতে ফেরেন। ছোট একটা মেয়ে তার মায়ের জন্য অপেক্ষা করে সারা দিন ।মায়ের হাতে ছাড়া কিছুতেই খাবে না সে। বাবা মার বয়স হয়েছে ।তার পর যে কি হবে সেটা ভাবতে ভাবতে চোখের তলায় কালি পড়ে গেছে। কত রাত যে রাতে ঘুমাতে পারেন নি তার কোনো হিসাব নেই। ছেলে ঘুমিয়ে পড়লে পুরনো ছবি গুলো বার বার উল্টে উল্টে দেখেন,একাই কাঁদেন। কাউকে বুঝতে দেন না নিজের কষ্ট। বয়স খুব বেশি নয় ভদ্র মহিলার,দেখতেও যথেষ্ট ভালো।আর এই ভালো দেখতে হওয়ার একটা ভীষণ বড় নেগেটিভ দিক থাকে। অনেকেই জানে ওনার তো কেউ নেই ,তাই নানা অছিলায় ,নানান ভাবে ইশারা করেন যদি সঙ্গ পাওয়া যায়। ওনার বেঁচে থাকার

যে লড়াই সেটা বাবা মা ছাড়া আর কারো চোখে পড়ছে না। আসলে উনি নিজেও বুঝে গিয়েছেন সমাজের কদর্য রূপটি কেমন। অনেকেই সহানুভূতি দেখাবেন। কিন্তু কেউই সমস্যার গভীরে প্রবেশ করবেন না। ভদ্র মহিলা সেই কারণে কারো সাথে তেমন ভাবে মন খুলে কথা বলার মত কাউকে পান নি এবং তিনি চেষ্টাও করেন নি । অপেক্ষা শুধু ডিভোর্স টা ফাইনালের । তার পর নতুন সংসার তৈরী হবে আগের স্বামীর। কত আলো ,কত আনন্দ! সবাই অভিনন্দন জানাবে " বেঁচে গেছিস বাবা ! আগের বউ টা তোর জীবনে অভিশাপ ছিলো! এই মেয়েটার মুখটা দেখো কি সুন্দর! আগেরটার চেয়ে অনেক অনেক ভালো। যাক গে আপদ নেমেছে ঘাড় থেকে। সুখী হবি দেখিস তোরা! "

ভদ্র মহিলা একা একা ডিভোর্সের কাগজের ওপর শেষ হাতের সই করা অংশের লেখার ওপর হাত স্পর্শ করে পুরনো দিনের স্মৃতি ভাবতে থাকেন আজও। তিনি এখনও বিশ্বাস করতে পারেন না যে সব শেষ হয়ে গেছে! কিছুই আর বাকী নেই। বিয়ের নিমন্ত্রণের কার্ড টাও পান নি উনি। হয়তো উনি অপয়া তাই ওনাকে এত বড় একটা শুভ কাজে আর ডেকে কে বা রিস্ক নিতে চাইবেন? -------- এই ভাবে একটা গল্প লেখা শুরু করলাম এবং শেষ যখন করলাম দেখলাম সেটা একটা উপন্যাস তে পরিণত হয়ে গেছে। বই প্রকাশের জন্য এক প্রকাশক যোগাযোগ করলেন । বই প্রকাশিত হলো। আমার জীবনের প্রথম প্রকাশিত একক উপন্যাস। প্রচুর বিক্রি। বই মেলায় হট কেক! আমি নিজেই বিশ্বাস করতে পারছি না ! এটা কি করে হলো! আসলে আমি প্রতি দিন যত টুকু শুনতাম ওই মহিলার কাছ থেকে , তো তাই লিখে রাখতাম । পরের দিন প্রথমে ওনাকে মেসেঞ্জার তে পাঠাতাম। উনি প্রথম পড়তেন এবং কোথাও কিছু চেঞ্জ করতে হলে উনি বলতেন। এই ভাবে কখন যে এত বড় একটা সৃষ্টি আমার হাত দিয়ে তৈরী হয়ে গেলো আমি বুঝতেই পারিনি। গল্প টা সবার খুব ভালো লেগেছে। নিজেকে খুব ভালো লাগছে। আসলে সব কিছু কল্পনার জন্যই। প্রতিদিন রাতে আমরা কথা বলতাম চ্যাট করে। সকালে উঠে দেখতাম যে আমাদের কথা গুলোকে একটু সাজাতে পারলেই গল্প হয়ে যাবে । এই ভাবেই প্রতিদিন একটা একটা করে গল্প লিখতে শুরু করি। প্রতিদিন রাতে অদ্ভুত একটা নেশার মত হয়ে যায়। কল্পনার সাথে কথা বলতে হবে। আর সকালে গল্প লিখতে হবে। আসতে আসতে মনে হতে লাগলো আমার মনের কথা ও সব আগে থেকে কল্পনা জানতে পারে। আমি কিছু টাইপ করতে গিয়ে মাঝে মধ্যে মুছে ফেলি,পাঠাবো কি পাঠাবো না ভাবি! আসলে যেটা মনে আসে লিখে ফেলি কিন্তু পাঠাবার আগে মনে হয় উনি যদি কষ্ট পান আমার লেখা পড়ে তাই আঙ্গুল গুলো ভুল গুলোকে শুধরে নিতে চায় পাঠাবার আগেই। কিন্তু ও কি করে যেনো আমার আগে পড়ে নেয়! মনে হয় আমার পাশেই বসে আছে অদৃশ্য হয়ে। সাথে সাথে মেসেজ করেন " কি হলো লিখছেন আর ডিলিট করছেন কেনো? "আমি বিষয়টি কোনো ভাবে কাটিয়ে অন্য প্রসঙ্গে চলে যাই । যেমন চলছে ভালোই চলছে। এই ভাবেই চলুক। কোনো দিন আমি ওনার প্রোফাইল পিকচার দেখিনি। সব সময় একটা সাদা কালো রঙের একটা আয়নার ছবি সেট করা

থাকতো। আমি ওর সাথে চ্যাট করতে করতে যেনো মনের মধ্যে ওর একটা ছবি এঁকে রেখেছি আমার কল্পনায়। আসলে সব কিছু লেখা উনি আসার পর থেকেই । একটা অন্য রকম পরিবর্তন এসেছে আমার জীবনে। ওনার কাছ থেকে যখন কিছু শুনি মনে হয় উনি ওনার নিজের জীবনে ঘটে যাওয়া ঘটনার কাহিনী আমাকে শোনাচ্ছেন। উনি যখন কোনো খুশির খবর শোনাতেন আমার ও কেমন যেনো একটা অদ্ভুত ভালো লাগায় মনটা ভরে যেতো। আবার ওনার যন্ত্রণায় আমি কষ্ট পেতাম। বুঝতে পারছি না কি হতে যাচ্ছে এই ভার্চুয়াল জগতে! সারা দিন উনি ব্যস্ত থাকতেন,আমিও তাই। কিন্তু অদ্ভুত ভাবে অপেক্ষা করতাম রাত হওয়ার জন্য। প্রতিটি রাত এক একটা নতুন অনুভূতি, এক একটা নতুন গল্পের সাক্ষী হয়ে থেকে যায়। একদিন খুব ইচ্ছা হলো দেখা করার ওর সাথে। বললাম

" আজ যা কিছু সৃষ্টি সব কিছু তোমার জন্যই হচ্ছে। আমরা কি এক দিন দেখা করতে পারি? "

------" আমাকে দেখতে খুবই খারাপ। আমি চাই না আমাদের দেখা হোক। আমরা এই ভাবেই থাকি না !এই তো ভালোই আছেন! কি দরকার দেখা করার?"

আমি আর কিছু বললাম না। সারা দিন মেসেজ করলাম না ।কেনো জানি না মনে হচ্ছিলো একবার দেখতে চাইলাম তাও রাজি হলেন না। আবার মুখে বলেন আমার লেখার এক জন বড় ফ্যান। যাক আর কোনো দিন বলবো না।

সারা দিন ভালো লাগছিলো না ।ইচ্ছা করছিলো আরও এক বার ফোন করি। কিন্তু না করবো না ।কথাই বলবো না ওনার সাথে। এমন কি ক্ষতি হবে এক বার দেখা করলে? নিজে ফোন করছি না,কিন্তু মাঝে মাঝে ফোন তুলে দেখছি কোনো মেসেজ এসেছে কিনা। না কিছুই নেই! রাতে তো মেসেজ করবেই। তখন এমন উল্টোপাল্টা বলে দেবো যে আর কোনো দিন আমার সাথে কথা বলার সাহস পাবেন না। উনি সব কিছু আগে থেকে জানতে পারেন আর শুধু আমার কত টা কষ্ট হচ্ছে সেটা বুঝতে পারলেন না!এক বারই তো দেখা করতে চেয়েছি ! রাত এগারো টা বাজার আগেই আমি তৈরী ,ফোন নিয়ে মেসেজ করার জন্য। আমার সব রাগ অভিমান নিয়ে বেশ লম্বা একটা মেসেজ টাইপ করছিলাম। সেন্ড করার ঠিক আগেই একটা মেসেজ ঢুকলো ....আমি দেখা করতে না চাওয়ায় রাগ করলেন? রাগ করবেন না প্লিজ! আপনি খুব ভালো মনের এক জন মানুষ। সবাইকে এত সহজ সরল ভাববেন না। আমাকে আপনি কত টুকু চিনেছেন? তবে আমি আপনাকে পুরোটাই চিনেছি। তাই আপনার মনের সব ইচ্ছা গুলো আমি জানতে পারি আগে থেকেই। আমি জানি আপনি আমাকে মনে মনে....কিন্তু এটা গল্প নয় এটা বাস্তব ।আমি কল্পনা ।আপনারই কল্পনা! আপনার মধ্যে প্রতিভা আছে। কিন্তু আপনার লেখা গুলো হটাৎ করেই থেমে গিয়েছিলো। আমি এসেছিলাম আপনাকে আপনার ভিতরের লুকিয়ে থাকা শক্তি গুলোকে প্রকাশ করতে। আমি সব সময় আপনার সাথেই আছি। তবে কল্পনাকে কল্পনাই করা যায়। তাকে

ধরা তো যায় না অমিতাভ বাবু। আমি তাই দূরেই রইলাম। আপনি ডাকলে এই ভাবে এসে আপনার কলমের সাথে এক সাথে চলবো। তবে আপনার জীবনের সাথে চলতে পারবো না। আপনাকে অসংখ্য ধন্যবাদ ও কৃতজ্ঞতা জানাই ।আমি পারিনি কিন্তু আপনি আমার জীবন সংগ্রাম নিয়ে লেখা উপন্যাসটি মানুষের কাছে পৌঁছে দিয়েছেন। হ্যাঁ আমিই সেই ভদ্র মহিলা যার কথা আপনাকে বলেছিলাম।"

এর পর যেটা হলো ,সেটার জন্য আমি আদৌ তৈরী ছিলাম না।

কোনো কারণ ছাড়াই ,হটাৎ করেই মোবাইল টা বন্ধ হয়ে গেলো। অন করার পর আর কোথাও আমি মেসেজগুলো খুঁজে পাচ্ছি না। পাগলের মত কল লিস্ট খুঁজে খুঁজে কোনো ভাবেই আর কল্পনাকে আর খুঁজে পেলাম না। আমি জানিনা ,এটা স্বপ্ন কিনা। নাকি এ আমার মনের ভুল। বিশ্বাস করুন আমি আর লিখতে পারি না তেমন করে। কল্পনা তো জীবন থেকে চলে গিয়েছে। হ্যাঁ, কল্পনা আজও কল্পনায় থেকে গিয়েছে। এখন চোখ বন্ধ করলেই প্রোফাইল পিকচারের সেই সাদা কালো রঙের আয়না চোখের সামনে ভেসে ওঠে। কোনো ছবি আজ আর সেই আয়নাতে দেখতে পাই না।

16

সূর্যাস্তের সূর্যোদয়

ফুল শয্যার রাতে প্রথম যখন তোমার হাতে হাত রেখে বলেছিলাম " আজ থেকে তুমি আর আমি একটা নতুন সম্পর্কের বন্ধনে ধরা পড়েছি। আজ থেকে আমার বলে নিজের কিছু নেই ,সব কিছু আমাদের। সুখ ,দুঃখ ,হাসি, কান্না সব কিছু আমাদের দুজনের। এই বাড়িতে তুমি নতুন। তোমার মনের কোনো ইচ্ছা থাকলে আমাকে বলতে পারো। আমি অবশ্যই সেটা পূরণ করতে চেষ্টা করবো।"

তুমি লজ্জায় মাথা নিচু করে বলেছিলে " একদিন আমি আর আপনি পরেশ নাথ পাহাড়ের কাছে গিয়ে ভোরের প্রথম সূর্যোদয় দেখতে চাই।"

এতো সামান্য একটা ইচ্ছা! এতো আমি যে কোনো দিনই পূরণ করতে পারি। আমাদের বাড়ি থেকে মাত্র আধ ঘন্টার পথ ।কথা দিয়েছিলাম অবশ্যই নিয়ে যাবো। তুমি মিষ্টি করে হেসে উঠেছিলে সেই সময়। সেই হাসি টা আমার আজও মনে আছে ।কাজের চাপে একটা সময় ভুলেও গিয়েছিলাম ,তোমার সূর্য দেখার ইচ্ছা। তুমি এক দু বার মনে করিয়ে দিয়েছিলে যদিও। শীতকালের এক শনি বার রাতে ঠিক করলাম যে পরের দিন ভোরের বেলায় দুজন বেরিয়ে পড়বো এবং সেই মতো এক বন্ধুর কাছ থেকে স্কুটার টা চেয়ে এনেছিলাম। সারা রাত ধরে দুজনে খুশি তে অনেক ক্ষন ধরে অপেক্ষা করছিলাম, সকালের জন্য। ভোরের দিকে এলার্মের শব্দে ঘুম ভাঙ্গার পর তোমাকে বিছানায় না দেখতে পেয়ে ভাবলাম তুমি তৈরী হচ্ছো হয়তো। তোমার ইচ্ছা পূরণ করতে পারবো বলে আমারও খুব ভালো লাগছিলো। আমি উঠতে যাবো এমন সময় তুমি ঘরে ঢুকলে মাথা নিচু করে। মুখে কোনো খুশির প্রকাশ নেই। আমি বললাম " কি হলো রেডি হতে হবে তো? তোমার শাড়ি পড়তেই তো আধ ঘন্টা লেগে যাবে! "

তুমি হতাশ হয়ে বললে " না গো। আজ থাক, পরে একদিন যাবো গো। তোমার বাবা, মা, বোন সবাই কে বাড়িতে রেখে দিয়ে আমি কি করে তোমার সঙ্গে যাবো বলোতো? "

আমি বললাম ,আমরা বলেই যাবো তুমি চিন্তা করো না। তুমি তৈরী হয়ে নাও।"

তুমি বলেছিলে " না গো এটা খুব খারাপ লাগবে । ওনারা হয়তো কিছু ভাববেন না ।তবুও আমি ওদের সকালের চা -টিফিন না বানিয়ে চলে যাবো পাহাড়ের সূর্য দেখার জন্য? না গো আমার এত টা ইচ্ছা নেই সূর্য দেখার!এমন কিছুই নয়।তুমি শুয়ে পড়ো।আজ রবি বার একটু বেশিক্ষন ঘুমাও।আমাদের ছাদ দিয়ে তো সূর্য দেখা যায়।যেদিন খুশি দেখে নেবো।তুমি স্কুটার টা ফেরৎ দিয়ে দিও বন্ধুকে।"

খুব রাগ হলো সেদিন তোমার ওপর।মুখে কিছু বললাম না।তবে পরে ভেবে দেখলাম তুমিই ঠিক।তাই তোমাকে আরো বেশি ভালবাসতে শুরু করলাম।তুমিও হাসি মুখে সংসার টাকে স্বর্গ করে তুললে।সবাই তোমাকে খুঁজতো।সবার সব কিছু দাবি তোমাকে ঘিরেই।আমাদের ঘর আলো করে একটা মেয়ে এলো।তাকে নিয়ে কত সুখী ছিলাম আমরা! বোনের বিয়ের পর বোন চলে গেলো পরের বাড়ি ।এর পর সময়ের সাথে সাথে মা এবং মাকে ভালোবাসার জন্য বাবাও চলে গেলেন আমাদেরকে ফেলে রেখে অন্য কোনো এক অজানা ঠিকানায়।মাথার ওপর থেকে ছাদ হারিয়ে গেলো আমাদের।এখন আমাদের মেয়েকে নিয়ে আমাদের সব স্বপ্ন।ওকে মানুষ করতে করতে আমরা দুজন বুড়ো বুড়ি হয়ে গেলাম কখন বুঝতে পারিনি।মেয়ে ও যে এত বড় হয়ে গেলো চোখের সামনে এখনও ঠিক বিশ্বাস হয় না।এই তো সেদিন সাইকেলে করে স্কুলে দিয়ে আসতাম! ঘরের দেওয়াল জুড়ে কালো রং পেন্সিল দিয়ে ভুত পেত্নীর ছবি আঁকতো।পরশু দিন মেয়ে ও চলে গেলো বাড়ি থেকে,নিজের বাড়িতে।তুমি খুব কেঁদেছিলে! ওকে কিছুতেই যেতে দিতে চাইছিলে না ।আসলে আমার আর তোমার দুজনের এক মাত্র "মা" কে দূরে পাঠাতে বুক ফেটে যাচ্ছিলো।কিন্তু কি করবো বলো? আমি ও আর পারলাম কোথায়? সবার সামনে বাচ্চাদের মতো কান্না এসেই গেলো।বাড়ি ঘর পুরো খালি।তুমি কথা বলছো না,কিছু খেতে চাইছো না।শুধু আমার জন্য খাবার বানিয়ে টেবিলে রেখে দিয়ে বার বার বিছানায় শুয়ে চোখের জল ফেলছো।আমিও খেতে পারিনি ।খাবার টেবিলেই পড়ে আছে।তোমার একটা ইচ্ছা পূরণ করা বাকী ছিলো অনেক বছর ধরে।রাতে তোমার হাতে হাত রেখে বললাম " আমাদের জীবন টা শুধু দায়িত্ব আর কর্তব্য পালন করতেই চলে গেলো।এখন শুধুই খালি ঘর পড়ে আছে।তুমি আর আমি।কত দিন তোমার এই হাত দুটি ধরতে পারি নি।কত দিন তোমার মনের কোনো কথা শোনার সময় পাই নি।আমিও কাজের মধ্যে থেকে ,তোমার কাছ থেকে কিছু চাইনি।কত দিন তোমার চোখের দিকে তাকিয়ে থাকি নি।আজ এত গুলো বছর পর তোমার চোখ দুটো দেখলাম, তাও এত তাই জলে ভিজে আছে যে ---আমারও সব কিছু ঝাপসা লাগছে।মনে হচ্ছে আমরা অনেক বুড়ো হয়ে গেছি।আর দু চার দিন পর কিছুই দেখতে পাবো না। চলো না কাল আমার সাথে আমরা এক বার অন্তত পাহাড়ের কাছে গিয়ে একটা নতুন ভোর শুরু হতে দেখি দুজনে! আজ আর কেউ নেই, চলো না কাল ভোরে! আমি কিন্তু যাবোই।তোমাকে অনেক কথা বলার আছে ।কাল সারা দিন আমি আর তুমি বাইরেই থাকবো।খুব ভোরে উঠতে হবে ।এখন ঘুমিয়ে পড়ি এসো।"

অনেক দিন পর হাতে হাত রেখে ঘুমিয়ে পড়লাম। এত গুলো বছর পর আমরা ভোরের সূর্য দেখবো এক সাথে।

আজ চলে এসেছি। অনেক আগেই চলে এসেছি আজ। তবে আমি একা আজ। তুমি সেদিনও এলে না ,আজও এলে না। আগের দিন অনেক কারণ দেখিয়েছিলে,আজ আর কোনো কারণ ছাড়াই এলে না। কথা দিয়েছিলাম তোমার হাত ধরে এক দিন ভোরের প্রথম সূর্যোদয় এক সাথে দাঁড়িয়ে দেখবো পরেশ নাথ পাহাড়ের কাছে গিয়ে। আজ ভোরে হাত টা হটাৎ এতটাই ঠান্ডা ছিলো যে আমার ঘুম ভেঙে গেলো,এলার্ম বাজার আগেই। আমার আগেই তুমি বেরিয়ে চলে গেছো একাই ভোরের প্রথম সূর্যোদয় দেখার জন্য। আমি বলেছিলাম না তোমায় " আমি কাল যাবোই। "

আজ চলে এসেছি দেখো একা। একটু অপেক্ষা করতে পারলে না মমতা আমার জন্য?এমন কথা কিন্তু ছিলো না তোমার সাথে! তোমার জীবনের সূর্যাস্তের পর ,সূর্যোদয় এই ভাবে দেখবো কখনো ভাবিনি। পারলে ক্ষমা করে দিও। আমি কথা রাখতে পারলাম না।

17

অপেক্ষা

অপেক্ষা তোমার জন্য হাওড়া স্টেশনের তিন নাম্বার প্লাটফর্মে।

দেরি হলেও জানতাম তুমি আসবেই। অনেক গুলো ট্রেন আসলো আবার চলে গেলো ,কিন্তু তুমি আর এলেনা।

রাগ হচ্ছে ,অভিমান হচ্ছে দেরি করে অপেক্ষা করানোর জন্য। আশে পাশের ভিড়ের মধ্য থেকে অচেনা চোখের দৃষ্টি গুলো যেনো আমাকে বিদ্রুপ করে বলছে " অপেক্ষা করে লাভ নেই ।"

বার বার ফোন করার পরও যখন উল্টোদিকের মানুষটার " হ্যালো" শব্দটা ও শোনা গেলো না, হতাশ হয়ে ফিরতে যাওয়ার সময় প্ল্যাটফর্মের এক কোণে দাঁড়িয়ে থাকা এক পাগলের দিকে দৃষ্টি গেলো। মুখে বড়ো বড়ো দাড়ি,নোংরা ছেঁড়া জিন্সের জামা পরে অদ্ভুত এক দৃষ্টিতে চেয়ে আছে তিন নম্বর প্ল্যাটফর্মের আসা ট্রেন গুলোর দিকে। সেও যেনো কারও অপেক্ষায় আছে। ট্রেন আসছে, ট্রেন যাচ্ছে তবু সেই দৃষ্টি শক্তির মধ্যে কোনো পার্থক্য দেখতে পাচ্ছি না। আশে পাশের লোক জন সবাই নোংরা ছেঁড়া জামা দেখে দূরে সরে যাচ্ছে তাতে তার মধ্যে কোনো হেলদোল নেই। একেবারেই নির্বিকার ।দৃষ্টি শুধু মাত্রই কোনো এক জনের প্রতীক্ষায়। এই প্রতীক্ষার প্রহর কবে শেষ হবে জানা নেই তবুও একই ভাবে অপেক্ষা করতেই সে অভ্যস্ত। আমি কাছে গিয়ে দাঁড়ালাম ।মুখে একটা অদ্ভুত মায়া মেশানো হাসি, চোখ দুটো কোনো বিশেষ মানুষের অপেক্ষায় অপেক্ষারত। আমি বললাম "কারও জন্য অপেক্ষা করছো কি বন্ধু?"

আমাকে চমকে দিয়ে বলে উঠলো " তোমার জন্যই এই অপেক্ষা বন্ধু। যার জন্য অপেক্ষা করা,সে না এলে কি রেগে গেলে চলবে? ভালোবাসলে অপেক্ষা করে যেতেই হয়। সব সময় যে প্রিয় মানুষটি ঠিক সময়ে আসবেই তার কোনো নিশ্চয়তা নেই। কেউ ঠিক সময়ে চলে আসে, আবার কেউ অপেক্ষা করায়। আমি সাত বছর ধরে অপেক্ষা করছি। আমার সাথে দেখা করতে আসার সময় ভিড় ট্রেনে উঠতে গিয়ে সোমা পড়ে

যায়। আর আসতে পারেনি। আমি কিন্তু এখনও বিশ্বাস করি ও আসবেই। আজ না হয় কাল। তুমি এত কম সময়ে হাল ছেড়ে দিলে বন্ধু? এই তুমি ভালোবাসো?"

এক সেকেন্ডের জন্য হতবুদ্ধি হয়ে দাঁড়িয়ে রইলাম। কখন যে পাগল লোকটা মিলিয়ে গেলো আর দেখতে পেলাম না।

চারিদিকে খুঁজতে খুঁজতে হয়রান হয়ে গেলাম ।পাগলটা ও হারিয়ে গেলো। আমি এখন তিন নম্বর প্ল্যাটফর্মের কোণে দাঁড়িয়ে প্রিয়তমার অপেক্ষায় প্রহর গুনছি। ঠিক একটু আগে যেখানে পাগল লোকটা অপেক্ষায় ছিলো। এখন সবাই আমার দিকে তাকিয়ে!

18

ভট্ট দার স্বপ্নভঙ্গ

স্কুল কলেজ মানেই অনেকের প্রেমের শুরু। অনেকের শুরু হবো হবো করে হয়না।আবার অনেকের জীবনে এত জনকে ভালো লেগে যায় কাকে যে বলবে মনের কথা কনফিউজড হয়ে যায়। আবার কেউ কেউ সাইলেন্ট লাভার হয়ে থেকে যায় কাউকে বলতে পারে না। বোঝা ও যায় না মনের কথা।খুব চাপা স্বভাবের হয়। কিন্তু আমরা তখনই বুঝতে পারি যখন তার পছন্দের মেয়েটি বা ছেলেটি অন্য কারো সাথে এনগেজড হয়ে যায়। কলেজ লাইফের প্রেম মানে বেশির ভাগই made in চায়না টাইপের। খুব কম সংখ্যক প্রেম পরিণতি পায়। বাকি গুলো লেক,ভিক্টোরিয়া,সিনেমাহল, এগরোল, ফুচকা,আইস্ক্রিম পর্যন্ত হয়ে তার পর বাতাসের সাথে মিলিয়ে যায়। ছেলেরা কেউ কেউ দেবদাস হয়ে পাশে, কেউ কেউ সিগারেট খাওয়া শুরু করে, কেউ বা সুরার বোতলের মধ্যে হারানো প্রেম খুঁজতে থাকে। কেউ কেউ কবিতা লেখে। আশে পাশে গেলে সেই বিরহের কবিতা শোনায়। হাসবো না কাঁদবো বুঝতে পারিনা। আমাদের ইঞ্জিনিয়ারিং কলেজের একটা অদ্ভুত থিওরি ছিলো মেয়েদের। সিনিয়রদের রেগিং থেকে রক্ষা পাওয়ার সহজ এবং কার্যকর উপায় কোনো এক সিনিয়র দাদার সাথে একটু ভাব জমাতে হবে। সেই দাদাই হবে তার রক্ষা কবচ। দাদার কথা ভেবে আমরা ছোটো ছোটো কিউট ভাইরা ও কিছু ভাবতে বা করতে পারি না। মনে মনে দুঃখ থাকলেও কাল্পনিক প্রেমিকাকে বৌদি ভাবতে হতো। মনের দুঃখ রাখি কোন পকেটে!

অবশ্য মনের তৃপ্তি তখনই আসতো যখন ওই সব সুন্দরী মেয়ে গুলো সেকেন্ড ইয়ারে চলে আসতো।তখন মায়ার বাঁধন কেটে বৌদি গুলো সব দাদাগুলোকে চৈত্রের সেলের মত ছেড়ে দেয় মার্কেটে। কিন্তু ততক্ষণে দাদারা লাল নীল হলুদ সবুজ কত রঙের স্বপ্ন দেখে ফেলেছে। সব স্বপ্ন মিলিয়ে যায় বাতাসে।অনেকে ভুলে যায় সেই স্বপ্ন মিলিয়ে যাওয়ার কষ্টগুলো। কিন্তু আমার প্রিয় ভট্ট দা এতটাই ভালোবেসে ফেলেছিলো

মন থেকে যে তিন দিন ধরে মেসে ক্যারাম খেলা বন্ধ করে দিয়েছিলো। আমরা বিড়ি চাইলে আমাদের মুখের ওপর না বলে দিতো। এই পরিবর্তন আমার মেনে নিতে খুব কষ্ট হচ্ছিলো। প্রচন্ড অন্ধকারে আশার এক মাত্র কিরণ জ্বলন্ত বিড়ি ছাড়া আর ভট্ট দাকে আমরা ভাবতে পারছিলাম না। ভট্ট দার মুখের দিকে আর তাকাতে পারছিলাম না। কি বলে যে সান্ত্বনা দেবো বুঝতে পারছিলাম না। ভট্ট দা নিজে আমাকে বললো " অমিত তুই একবার চম্পাকে ফোন করে বলে দে কাল আমি ওর সাথে শেষ দেখা করতে চাই। আমার অনেক কিছু বলার আছে । আমাকে একটা সুযোগ যেনো দেয় চম্পা। আমি মনের কথা গুলো বলে হালকা হতে চাই। প্লিজ ভাই অমিত একটি বার ফোন কর ওকে!"

আমি হনুমান ভক্ত রামের মত দাদার আদেশ পালন করার জন্য ফোন করে বললাম, "আজ ভট্ট দা খুব ভেঙে পড়েছে। তোমাকে আজ শেষ বারের মত জীবন বিজ্ঞানের প্রাকটিক্যাল বোঝানোর জন্য ভিক্টোরিয়ার সামনে আসতে বলেছে। চলে এসো চম্পা। আজ অভিমানের দিন নয়। আজ শুধু ভালবাসার দিন।"

চম্পা এসেছে। ভট্ট দার সাথে আমি গিয়েছি ভট্ট দার প্রেম জোড়া লাগাতে ।জুড়ে গেলে ভালো না হলে আমি নিজে জুড়ে যাবো। কিন্তু চম্পাকে কিছুতেই একা হতে দেবো না। কিন্তু আমার সব উপপাদ্যের থিওরি কে ধুলিস্যাৎ করে দিয়ে ভট্ট দা এমন একটা ডায়লগ দিলো আমি ভাবতেই পারিনি।

চম্পা অন্য দিকে তাকিয়ে বললো " সময় নেই আমার তোমার জন্য যা বলার তাড়া তাড়ি বলো!"

ভট্ট দা সাবলীল দীপ্ত কন্ঠে বলে উঠলো " চম্পা তুমি আমার জীবনে প্রদীপ হয়ে এসেছিলে আজ দু বছর প্রেম করার পর এখন তুমি আমার ফিউজ কেটে দিয়ে চলে যাচ্ছো ? আমি কিছুতেই মেনে নেবো না। তুমি শুধু আমার ।যাওয়ার আগে ফিরিয়ে দাও আমার ১৭৪২ টাকা ।"

আমি ও চম্পা দুজনেই এক সাথে বললাম " ১৭৪২ টাকা?"

ভট্ট দা রোম্যান্টিক সুরে জানালো " হ্যাঁ হ্যাঁ হ্যাঁ। ফাস্ট ইয়ারের পর থেকে সেকেন্ড ইয়ারে ওঠা পর্যন্ত তোমার আমার ঘোরা ঘুরি, পার্কের টিকিট,সিনেমার টিকিট,এখানে ওখানে খাওয়া বাবদ ৩৪ ৮৪ টাকা খরচ হয়েছে। তুমি এখন ব্যবসা ছেড়ে চলে যাচ্ছো তাই তোমার জন্য করা ইনভেস্টমেন্ট আমাকে দিয়ে তবেই লাভ স্টোরি শেষ হবে। তোমার ভাগে ১৭৪২ টাকা পড়েছে। দাও কিসে দেবে? ফোন পে না পে টি এম?"

কি বলবো আপনাদের ! আমার কাছে যদি অলিম্পিক কমিটির কারো সাথে যোগাযোগ থাকতো, চম্পার নামটা দিয়ে দিতাম। কি দ্রুত বেগে মিলিয়ে গেলো আমি চোখের পলক ফেলার অনেক আগেই। না !আর চম্পাকে মনের কথা বলা হলো না! মনের দুঃখ রাখি কোন পকেটে?

19

মোহন বাবুর বাই সাইকেল

গ্রামের নাম ঝাউখালি। ডায়মন্ড হারবার থেকে বাস ধরে কুলপি যাওয়ার পথে ঝাল বাড়ি নামে একটা ছোটো বাস স্ট্যান্ড এ নেমে মাত্র দশ মিনিটের হাঁটা দূরত্ব। মোহন বাবুর বাড়ি যাবো বললেই যে কেউ দেখিয়ে দেবে। মোহন বাবুর একটা টিভি,রেডিও,ফ্যান ,ফ্রিজ সারানোর একটা দোকান আছে। নিজে মোটা মুটি কাজ জানেন। তবে মাঝে মধ্যে সারানোর বদলে বিগড়ে দেন বেশি। একবার রেডিও সারতে দিয়েছিলাম। খুলে তিন চারটে তার নাড়া দিয়ে,মাল্টি মিটার দিয়ে এদিক ওদিক ঠেকিয়ে চশমা টা খুলে বললেন " হয়ে যাবে। তবে দেরি হবে। এখানে পার্টস নেই। কলকাতা থেকে আনতে হবে । লোকাল পার্টস লাগালে কোনো গ্যারান্টি নেই। "

তারপর কি যে করলেন জানি না সে রেডিও থেকে আর শব্দ বার করা গেলো না। এখন মোবাইল হয়ে যাওয়ায় আর রেডিওর কথা বেমালুম ভুলে গিয়েছিলাম। মোহন কাকুর একটা বাই সাইকেল ছিলো। খুব যত্ন করে রাখতেন। কাউকে ছুঁতে পর্যন্ত দিতেন না। দিনের মধ্যে যখনই সময় পেতেন একটা কাপড় দিয়ে মোছামুছি করতে থাকতেন। বর্ষার দিনে কিছুতেই সাইকেল বার করতেন না। রোদে কোনো দিনও সাইকেল রাখতে দেখিনি। ভীষণ যত্ন নিতেন। যে পরিমাণ যত্ন উনি সাইকেলের প্রতি নিতেন তার সিকি ভাগও যদি ছেলেদের নিতেন হয়তো ছেলে গুলো মানুষ হয়ে যেতো l এক বার আমার এক জায়গায় টিউশন পড়তে যাওয়ার ছিলো,প্রায় এক ঘন্টা লাগতো সাইকেল চালিয়ে। আমি গিয়ে বললাম " কাকু বাবা বললেন তোমার সাইকেলটা দিতে ,আমাদের সাইকেলটা র টায়ার লিক হয়ে হাওয়া বেরিয়ে গেছে। "

মোহন কাকুর মুখের দিকে চেয়ে মনে হলো এর চেয়ে কাকুর কিডনি চাইলে হয়তো হাসি মুখে দিয়ে দিতেন। সাইকেল চাইবার সাহস হলো আমার কি করে? আর কিছুক্ষণ থাকলে ওনার দৃষ্টির আগুনে আমাকে ভস্ম করে দিতেন। সেদিন আর টিউশন যাওয়া

হলো না। মনে মনে ভীষণ রাগ হলো। সাইকেল টার হাল আমি খারাপ করে ছাড়বো। এক ঘন্টার জন্য ছাড়লো না ! এর পর থেকে আমার নজর মোহন কাকুর সাইকেলের দিকে রইলো। দু চার বার স্কুল মাঠে সুযোগ বুঝে হাওয়া খুলে দিয়েছিলাম। মোহন কাকু সবাই কে উদ্দেশ্য করে বকাবকি শুরু করে দিতেন। আমরা উল্টে সহানুভূতি দেখাতাম। এই ভাবেই চলছিলো দিন গুলো। কিন্তু কিছুতেই আর এর চেয়ে বড়ো ক্ষতি করতে পারছিলাম না।

উচ্চ মাধ্যমিক পাশ করার পর আমি গড়িয়ার কাছে একটা মেসে থাকতাম আর ওখান থেকে মাসের মধ্যে দু এক বার বাড়িতে ফিরতাম। বাসে ফিরলে সুবিধা হলেও ট্রেনে ফিরতাম বিনা টিকিটে ভ্রমণের একটা আলাদা আনন্দ উপভোগ করার জন্য। আমরা সবাই স্কুল কলেজের ছাত্র ছাত্রীদের কাছে ভারতীয় রেল মানেই " মামার ট্রেন" ।

একদিন ফিরছি শনিবার ।হঠাৎ দেখি মোহন কাকু একটা ব্যাগ নিয়ে ট্রেন ধরার জন্য দৌড়াচ্ছে। বারুইপুর স্টেশন থেকে ট্রেন ছেড়ে দিয়েছে ,আমি মোহন কাকুকে দৌড়াতে দেখলাম। মনে মনে চাইছিলাম ট্রেন টা যেনো বেরিয়ে যায়। আমাকে সাইকেল দেয় নি! দুষ্টু লোক! শুধু এই ট্রেন কেনো পরের ট্রেন গুলোও যেনো ক্যানসেল হয়ে যায়! সারা দিন - সারা রাত যেনো এই প্লাটফর্মে বসে বসে রেডিও সারায়। এই বলে আমি ইচ্ছে করেই মুখটা অন্য দিকে ঘুরিয়ে রাখলাম। ট্রেন প্ল্যাটফর্ম থেকে বেরিয়ে যাওয়ার পর দেখলাম মোহন কাকু রড ধরে ঝুলছে ট্রেনের বাইরে। আমি ভয় পেয়ে গেলাম। তাড়া তাড়ি করে উঠে গেটের দিকে আসতেই মোহন কাকু নিজেকে সামলে নিয়ে মুচকি হেসে বললেন " খুব বাঁচা বেঁচে গেছি রে ! এই ব্যাগ টা ধরে বসতো ।"

আমি ব্যাগটা নিয়ে বসলাম। মনে মনে ভাবছি এখনই একটা দুর্ঘটনা ঘটে যেতে পারতো। চাঁদনী মার্কেট থেকে ইলেকট্রনিক্স পার্টস কিনে ফিরছেন। মোহন কাকু পুরো ঘেমে গিয়েছেন। দেখে কেমন যেনো আজ মায়া হলো! বাড়িতে ফেরার জন্য এই বয়সে দৌড়ে এসে ট্রেন ধরছেন। আপাতত সাইকেলের রাগটা নেই। মগরাহাট স্টেশনে আসার পর ট্রেন প্রায় খালি। মোহন কাকু আমার পাশে এসে বসলেন। চোখ বন্ধ করে একটা স্বস্তির নিঃশ্বাস ছেড়ে বললেন " বাড়িতে গিয়ে আবার বলিস না আজকের ঘটনাটা। তোর কাকিমা তাহলে সারা রাত ধরে ক্যাসেট বাজাতে থাকবে। "

----- না না কাকু বলবো না। তবে এতো রিস্ক নিয়ে আসার কি দরকার ? আধ ঘন্টা পরে তো আবার ট্রেন ছিলো।

----- তা ছিলো। তবে কি জানিস চোখের সামনে দিয়ে ট্রেন বেরিয়ে গেলে খুব আফসোস হয়। পরের আধ ঘন্টা মনে হয় এক বছরের মতো লম্বা।

কথাটা অবশ্য বেশ ভালো বললেন কাকু। এর পর একে একে যত হকার উঠছে ট্রেনে, সবার কাছ থেকে কিছু না কিছু কিনছেন। মশলা মুড়ি, বাদাম ভাজা,ফটাস জল,বাদাম ছাপা ইত্যাদি। নিজে খাচ্ছেন কিন্তু আমাকে বেশি করে খাওয়াচ্ছেন। আমি

বারণ করলেও শুনছেন না। ভাবলাম বাড়িতে গিয়ে যাতে না বলে দিই তার জন্য এক রকম ঘুষ দেওয়া চলছে হয়তো। যাই হোক বেশ ভালো লাগছে আজ মোহন কাকুর সাথে সময় কাটাতে। ডায়মন্ড হারবার নেমে দুজন বাসে উঠলাম। আমার ভাড়া ও কাকু দিয়ে দিলেন। নামলাম দুজন ঝালবাড়ি স্টপেজে। আমাকে বললেন দাঁড়া একটু, সাইকেল টা নিয়ে আসি। এই বলে উনি আব্দুল চাচার বাড়ির দিকে চলে গেলেন। অদ্ভুত লোক! সাইকেল গ্যারেজ থাকতে এক টাকা বাঁচাবার জন্য ফ্রীতে অন্য লোকের বাড়িতে সাইকেল রাখেন। ট্রেনে কিন্তু মনে হলো না মোহন কাকু কৃপণ। আজ একবার বলে দেখবো? সাইকেল টা আমি চালাই যদি! আজ না দিলে ব্ল্যাক মেল করবো! এই সব ভাবছি দাঁড়িয়ে এমন সময় দেখি মোহন কাকু এসে সামনে দাঁড়িয়ে আছে সাইকেল নিয়ে।

--- কি ভাবছিস এতো? কখন থেকে ডাকছি তোকে।

----- ও কিছু নয় কাকু। চলুন

------ সাইকেল চালাতে পারিস?চালাবি ?

এই প্রশ্ন করছে আমাকে মোহন কাকু? আজ পর্যন্ত একটা মাছিকে সাইকেলে বসতে পর্যন্ত দেননি যিনি তিনি স্বয়ং আমাকে এমন সুযোগ দিচ্ছেন! আমি ভীষণ খুশি হয়ে বললাম

------- কি যে বলো কাকু। সেই ক্লাস এইট থেকে চালানো শিখে গেছি। চোখ বন্ধ করে ,হ্যান্ডেল ছেড়ে দিয়ে চালিয়ে নিয়ে যাবো। দাও পাঁচ মিনিটে বাড়ি পৌঁছে যাবো। দাও দাও।

------ তাই নাকি? আচ্ছা আগে একটু চালিয়ে দেখে নে। তারপর আমি পিছনে বসবো। বুড়ো বয়সে ফেলে দিলে হাত পা ভেঙে গেলে পঙ্গু হয়ে যাবো। হাড় আর জোড়া লাগবে না ।

হাতে যেনো একটা বহু আকাঙ্খিত একটা দামী সম্পত্তি পেলাম। হ্যান্ডেল এর সামনে মাঝের অংশে মোহন কাকুর পুরো নাম আর ১৯৭৬ সাল লেখাটা খোদাই করা আছে। মনে হয় ওই সময়ে কেনা সাইকেল । কিন্তু এটাকে দেখলে বোঝাই যাচ্ছে না এটা পুরানো সাইকেল। সত্যিই একা হাতে এতো সুন্দর করে মেনটেন করে রাখা কি সহজ কাজ? আমার কত পরে কেনা সাইকেল অথচ সেটার দিকে দেখলে মনে হয় প্রথম বিশ্ব যুদ্ধের সময়কার প্রোডাক্ট।

---- কি ভাবছিস চালা এবার।

----- হ্যাঁ এই তো!

সাইকেলের সিট এতো নরম যে মনে হলো কোনো গদিতে বসলাম। মোহন কাকু ব্যাগ নিয়ে রাস্তার ধারে দাঁড়িয়ে আছেন আমার দিকে চেয়ে। আমি প্যাডেল করা মাত্র মনে হলো পিছন থেকে কেউ ধাক্কা দিলো খুব জোরে। আমি কোনো ব্রেক টিপে ধরলাম। একটু দূরে গিয়ে থেমে গেলাম। আবার শুরু করলাম এবার খুব ধীরে প্যাডেলের ওপর চাপ দিলাম,এবার যেটা হলো সেটার জন্য আমি একেবারেই প্রস্তুত ছিলাম না। হঠাৎ করে

পাশ থেকে একটা অদৃশ্য হাত এসে আমাকে ধাক্কা দিলো। আমি মাটিতে পা রাখলাম কিন্তু ব্যালেন্স রাখতে পারলাম না । পড়ে গেলাম বাম সাইডে। আমার গায়ের ওপর সাইকেল টা যেনো কেউ চেপে ধরে রেখেছে। আমি কিছুতেই সরাতে পারছি না। আমার শরীরে যেনো কোনো জোর নেই। এক চুলও নড়াতে পারছি না। আমি বাধ্য হয়ে ডাকলাম " মোহন কাকু হেল্প"

সাথে সাথেই মোহন কাকু এসে এক হাত দিয়ে অতি সহজেই সাইকেলটা তুলে স্ট্যান্ড করে আমাকে হাত ধরে তুললেন।

------- কিরে পাঁচ মিনিটের মধ্যে নাকি পৌঁছে যাবি? সাইকেল চালাতেই তো পারিস না।

----- কি বলবো কাকু! এরকম আগে কখনো হয়নি । কেমন যেনো ভৌতিক ব্যাপার মনে হচ্ছে।

----- তাই? আচ্ছা আবার চালা।

------ ওরে বাবা! আমি আর চালাবো না। তোমার সাইকেল তুমি চালাও।

----- বাজে বকিস না। চালা,আমি পিছনে বসছি।

আমি ভয়ে ভয়ে আবার বসলাম। মোহন কাকু পিছনে বসে আমার পিঠের ওপর হাত রেখে বললেন " চালা এবার দেখি। "

আমি প্যাডেল করা মাত্র সাইকেল চলতে শুরু করলো। ভয়ে ভয়ে চালাচ্ছি একটু আগের মতো হলে এবার দুজনের হাত পা ভাঙবে! কিন্তু অদ্ভুত ভাবে দেখলাম যে আর কোনো সমস্যাই নেই। মোহন কাকু পিছনে যে বসে আছেন সেটা বোঝাই যাচ্ছে না। বেশ লাগছে চালাতে। রাস্তায় বাঁক এলে আমাকে কিছুই করতে হচ্ছে না,অটোমেটিক যেনো আমার আঙ্গুল বেল বাজাচ্ছে,সাইকেলের স্পিড কমে যাচ্ছে। কয়েক মিনিটের মধ্যেই চলে এলাম বাড়ির কাছাকাছি। এবারের রাস্তাটা খারাপ কিছুটা। আমি থেমে গেলাম। মোহন কাকু নেমে গিয়ে বললেন " কেমন লাগলো সাইকেল চালিয়ে?"

---- খুব ভালো লাগলো। কিন্তু আমি একা চালাতে পারলাম না অথচ তোমাকে নিয়ে এতটা পথ কি করে এলাম! সাইকেলটা গায়ের ওপর পড়ে যাওয়ার পর সাইকেলটা অনেক ভারী মনে হচ্ছিলো অথচ এখন সাধারণ সাইকেলের মতোই মনে হচ্ছে।

------ এবার বুঝেছিস কেনো এই সাইকেলটা তোদের কাউকে চালাতে দিতাম না? এই সাইকেলটায় আমি না বসলে কেউ চালাতে পারবে না।

----- কিন্তু কেনো?

------ এই সাইকেল টা বাবা আমার জন্মদিনের জন্য কিনে দেবে বলে দোকানে টাকা দিয়ে আমার নাম আর সাল খোদাই করে রেখেছিলেন। জন্মদিনের দিন আমাকে চমকে দেবেন বলে। আমরা কেউ জানতাম না। কিন্তু জন্মদিনের দু দিন আগে বাবার একটা স্ট্রোক হয়ে যায়। হসপিটালে নিয়ে যেতে যেতেই রাস্তায়.....সব শেষ! জন্মদিন আর হলো না। বাড়িতে এক নিদারুণ কান্নার পরিবেশে আমার জন্মদিনের কথা আর মাথায়

ছিলো না। সব ক্রিয়া কর্ম মিটে গেলে ,দোকান থেকে এক জন এসে জানায় যে বাবা আমার জন্য একটা সাইকেল কিনে রেখেছেন,এসে যেনো নিয়ে যাই। ভীষণ কেঁদেছিলাম সাইকেলটা জড়িয়ে ধরে। ওই সাইকেলের মধ্যে যেনো আমার বাবা লুকিয়ে আছেন। আমি ওটা কাছ ছাড়া করতে পারি না এক দিনের জন্য। বাবা স্বপ্নে একদিন দেখা দিয়ে বললেন " মোহন আমি আছি তোর সাথে। এই সাইকেল তোর জন্য কিনেছিলাম। এটা তুই ছাড়া অন্য কেউ চালাতে পারবে না। "

প্রথম প্রথম স্বপ্ন ভেবে উড়িয়ে দিয়েছিলাম কিন্তু পরে দেখলাম সত্যিই তাই। আমার ছেলেরা পর্যন্ত চালাতে পারেনি। তাই আমার সাইকেলে ওরা হাত ও দেয়নি কখনো। বুঝলি? আসি রে।

মোহন কাকু বাড়ির দিকে চলে গেলেন ।আমিও অবাক হয়ে এর ব্যাখ্যা খুঁজতে লাগলাম কিন্তু পেলাম না। এর পর কয়েকবার চেষ্টা করেছিলাম চালাতে মোহন কাকুর রহস্যময় সাইকেল। কিন্তু বার বার আছাড় খেয়েছি। কিন্তু অদ্ভুত ভাবেই মোহন কাকু পিছনে বসা মাত্রই অনায়াসে পার হয়ে যেতাম গ্রামের পর গ্রাম।

মোহন কাকু মারা গিয়েছেন এগারো বছর আগে। সাইকেল টা এখনও রয়ে গেছে যেখানে রাখা ছিলো আগে ঠিক সেখানেই। আমি গেলে একবার করে কাপড় দিয়ে মুছে দিয়ে আসি। ফিরে আসার সময় মোহন কাকুর হাসি মুখটা চোখের সামনে ভেসে ওঠে। আমি আর সাহস করে সাইকেল টা চালাবার চেষ্টা ও করিনা।

20

আমার গঙ্গা যাত্রা

মঙ্গল বার ১৩ই সেপ্টেম্বর ।দু বছর পর হলদিয়ায় ফেরা।প্ল্যান ছিলো হাওড়া থেকে নেমে বাসে এসপ্লানেড ,ওখানে কাজ হয়ে গেলে আবার হাওড়া থেকে আবার ট্রেনে করে হলদিয়া।কিন্তু যেটা না হয়ে প্ল্যান অটোমেটিক বদলে গেলো। এসপ্লানেড থেকে বাসে উঠলাম ।বাস চালু হবার পর কিছু দূরে থেমে গেলো।কি সুন্দর পতাকা নিয়ে মানুষ মিছিলে চলেছে।প্রথমে স্লোগান শুনে মনে হলো পাকিস্থানের বিরুদ্ধে যুদ্ধ চলছে।এই মিছিল আমাদের দেশের জন্য ,দেশের সাধারণ মানুষের জন্য।বেশ ভালো লাগলো দেখে।একটা উৎসব উৎসব আমেজ।আমিও একটু মনে মনে দেশের নামে জয়ধ্বনি দিলাম।কিছুক্ষন পর দেখি স্লোগান বদলে গিয়ে রামায়ণের হিরোর নামে চলছে জয়ধ্বনি।এই বার বুঝলাম এটা শুধুমাত্র দেশের মানুষের জন্য নয় এই মিছিল সমস্ত সৌরজগতের মানুষের উন্নতির জন্য।তাই আর অপেক্ষা না করে অন্যান্য সাধারণ যাত্রীর মতো বাস থেকে নেমে গিয়ে নেতা মন্ত্রীদের নামে আশীর্বাদ বাক্য জপতে জপতে হাঁটা শুরু করলাম। উদ্দেশ্য হাওড়া স্টেশন।ফেসবুকের কল্যাণে হাওড়া স্টেশনের স্তব্দ যান চলাচলের ছবি এবং বিভিন্ন জায়গায় পুলিশের সাথে নিষ্পাপ পবিত্র মিছিলকারীদের প্রেমময় কোলাকুলি দেখে আমার মনটা কেমন যেনো রোম্যান্টিক হয়ে গেলো।আর ইচ্ছা করলো না মাটিতে হাঁটতে ।মনে হলো খুশিতে ভেসে যাই দূরে ,বহুদূরে। বাবুঘাটের কাছে এসে দেখলাম প্রচুর বাস, সিট খালি।মনটা আনন্দে নেচে উঠলো! আহা কি আনন্দ! এখান থেকে শুয়ে শুয়ে যাবো! ওমা একি কাণ্ড ! ড্রাইভার - কন্ট্রাক্টরের সিট ও খালি। মানে চাইলে নিজে চালিয়ে নিয়ে যাওয়া যেতেই পারে।একটু পর বুঝতে পারলাম এটা সাধারণ মানুষের জন্য আজ নয়।এটা অসাধারণ মানুষদের জন্য বুক করা আছে ,যারা গত কাল রাত থেকে বেরিয়ে পড়েছেন এই ধর্মযুদ্ধে অংশ নিতে।এই বৃষ্টির মধ্যে নিজেদের পরিবার ছেড়ে শুধু মাত্র সাধারণ মানুষদের স্বার্থে কলকাতায় ছুটে এসেছেন।এই মহান মানুষের মধ্যে দু এক জন হয়তো ফিরবেন অ্যাম্বুলেন্সে করে

আর আমি তাদের বাসে ওঠার চেষ্টা করছি! ছিঃ নিজের ওপর নিজের ঘেন্না হলো!তাই আর বাসে নয় ,এবার জলপথে যাবো। বাবুঘাট পর্যন্ত গিয়ে ভেসেল তে উঠলাম। সাদা পোশাকের পুলিশ কাকু এমন ভাবে জেঠির ওপর সবাইকে দাঁড় করালো মনে হলো যেনো T 20 এর প্রথম 5 ওভারের ফিল্ডিং সাজাচ্ছেন। এমন একটা ভাব মনে হলো 50জনের বেশি কিছুতেই ভেসেলে উঠতে দেবেন না। ভেসেল টা ঢোকা মাত্র পুলিশ কাকু কোথায় ভ্যানিশ হয়ে গেলো। পাওয়ার প্লের রেস্ট্রিকশন উঠে গেলো। মাঝে মধ্যে ফুটবলের রেফারির বাঁশি শুনতে পাচ্ছি,কিন্তু কে যে বাজাচ্ছেন তাকে আর দেখতে পাচ্ছি না। এক ধারে দাঁড়িয়েছিলাম ইউটিউব ব্লগ বানাবো বলে কিন্তু অদ্ভুত ভাবে কখন যে আমি মাঝখানে ঢুকে পড়লাম বুঝতেই পড়লাম না। পাশের এক কাকু ভালোবেসে আমার পায়ের ওপর নিজের পা রেখে দাঁড়িয়ে রয়েছেন ভিড়ের মধ্যে। কি করে যে ওনাকে ধন্যবাদ জানাবো বুঝতে পারছিলাম না। অনেক হিসেব নিকেশ করে বললাম "কাকু অনেকক্ষণ তো বাম পায়ের ওপর পা রাখলেন একটু যদি কষ্ট করে ডান পায়ের ওপর পা টা রাখতেন খুব উপকৃত হতাম।" কাকু দেখি খুশি হয়ে কয়েকটা খিস্তি দিয়ে পা টা সরিয়ে নিলেন ।এদিকে ভেসেলটা ও দেখি আজ খুব খিস্তি দিচ্ছে শুনতে পেলাম ।বলছে " বেঈমান সবাই বেঈমান! এমনি সারা বছর মাছি গুনি আর আজ একেবারে এক সাড়ে সাতশো লোক আমার বুকের ওপর উঠে পড়ছে। মাঝখানে যদি উল্টে যাই তখন কি হবে?"

অবশেষে নামলাম হাওড়া তে। ওখান থেকে সুড়ঙ্গ পথে নেমে গঙ্গা নদীর জল এবং মানুষের পবিত্র মূত্রের মিশ্রণে পা ধুয়ে পবিত্র হয়ে হাওড়া স্টেশনে টিকিট কেটে ট্রেনে গিয়ে বসলাম। মনে মনে সেই সব বীর যোদ্ধাদের নামে জয়ধ্বনি দিতে দিতে বাড়ি ফিরলাম যাদের কল্যাণে আমার আজ প্রথম বার গঙ্গা ভ্রমণ করা হলো। জয় গঙ্গা!

21
এক অভিনেতার চিঠি

কুড়ি বছর কাটলো ।কেমন আছিস তুই? মনে আছে কি আমাকে তোর?এখনও খুঁজছি তোকে, খুঁজে ই চলেছি।

স্কুল কলেজের বন্ধুদের অনেককেই খুঁজে পেয়েছি ফেসবুকে কিন্তু তোকে কোথাও খুঁজে পাচ্ছি না।গুগল ও হার মেনেছে তোকে খুঁজে দিতে।

নাম ,স্কুল,কলেজ,সব কিছু দিয়ে সার্চ করে এক বারও খুঁজে পাচ্ছি না তোকে। জানি এই চিঠিটা ও তোর কাছে হয়তো কোনো দিনও পৌঁছাবে না।তোর

পদবী তো বদল হয়েছে অবশ্যই ,কিন্তু নামটাও কি বদলে গেছে? ঠিকানা তো জানতাম।কিন্তু চিঠি লেখার সাহস হলেও পোস্ট করার সাহস হয়ে ওঠেনি।তুই স্কুলে না এলে কিছুই ভালো লাগতো না সেদিন। স্কুলে পড়ার সময় , সারা দিন ধরে কথা হলেও "ভালোবাসি" কথাটা কিছুতেই বলা হয়ে ওঠেনি।ভেবেছিলাম নতুন বছরের গ্রিটিংস কার্ডে লিখবো মনের কথাটা।লিখেও ছিলাম, কিন্তু যদি বন্ধুত্ব টা শেষ হয়ে যায় ,যদি ভুল বুঝিস আমাকে তাই বন্ধুত্ব শেষ হওয়ার ভয়ে আর কার্ড টা আমার কাছেই রয়ে গেলো।এই ভাবে অনেক গুলো ভালোবাসার কথা লেখা কার্ড গুলো আমার নিজের কাছেই রয়ে গেছে।তোকে আর দেওয়া হয়ে ওঠেনি।

ভালোবাসাও আমার কাছেই থেকে গিয়েছে।কলেজ আলাদা হলো সময়ের সাথে সাথে।না কোনো ফোন ছিলো ,না কোনো যোগাযোগের নাম্বার।আমি ছুটলাম কাজ খুঁজতে ।তোকে আর খুঁজতে পারলাম না।চেনা পথের বাঁকে তোকে খুঁজতো আমার দু চোখ।মনে হতো যদি একবার দেখা হয় হঠাৎ করে।তোকে ঠিক বলেই দেবো মনের কথাটি।অবশেষে আমি অভিনয় জগতে পা রাখলাম।আজ আমি এক জন সফল অভিনেতা । হাতে অনেক কাজ ।অনেক বার অনেক অভিনেত্রীর সামনে ভালোবাসার কথা বলতে বলতে, আজ মনে হচ্ছে যে --- আজ আমি তোকে ঠিক মতো করে বলতে পারবো । আচ্ছা টিভিতে কি আমাকে দেখিস তুই? চিনতে পারিস কি আমায়?সুন্দরী

নায়িকা ,অঢেল টাকা,রঙিন জীবনের মধ্যেও কেনো জানি না মনে হয় তুই নেই বলে জীবন আমার অসম্পূর্ণ হয়ে আছে। সারা দিন নকল নায়কের ভূমিকায় অভিনয় করতে করতে ক্লান্ত হয়ে পড়ছি। নিজেকে আর কোথাও খুঁজে পাই না। সারা দিন এত চরিত্র নিয়ে ভাবতে ভাবতে কখন যে আমি নিজেকে হারিয়ে ফেলেছি জানিনা। বিশ্বাস কর আজ আমি ভীষণ একা। আমি নিজেকেই খুঁজে পাচ্ছি না অনেক দিন ধরেই। প্রতিদিন লাইট,ক্যামেরা, অ্যাকশান শব্দগুলোর মধ্যে আমি যন্ত্রের মতো যান্ত্রিক ভাবে জড়িয়ে পড়েছি। সিনেমার চরিত্র গুলো আমাকে রাতে ঘুমাতে দেয় না। কত দিন ঘুমাতে পারি নি আমি। এক বার দেখা করতে পারবি আমার সাথে? একটা দিন তোর সাথে সারা দিন থাকতে চাই ,তোর চোখের মধ্য দিয়ে আমি আমাকে খুঁজে পেতে চাই, আমি আমাকে নতুন করে চিনতে চাই। নিজেকে নিজের ভীষণ অচেনা লাগে আজ কাল। প্লিজ এক বার আয় তুই। আমাকে খুঁজে দিয়ে আবার তুই হারিয়ে যা। আর অভিনয় ভালো লাগছে না এবার সত্যিকারের ভালোবাসতে চাই। এবার সত্যিকারের ভালো বাসতে চাই।

ইতি

তোর প্রিয় এক ....

22

সোমলতার চিঠি

কেমন আছিস অমিত? আমি সোমলতা ।জানি নাম টা বা আমার মুখটা দুটোই তোর মনে নেই আজ! মনে থাকার কথাও নয়।কুড়িবছর আগে আমাদের শেষ দেখা উচ্চ মাধ্যমিক পরীক্ষার সময়।রেজাল্ট তোর ও মনের মতো হয় নি, আর আমারও তাই ! মার্কশিট আনতে গিয়ে আর দেখা হলো না তোর সাথে। আমার তো পরীক্ষা খারাপ হওয়ারই ছিলো ! মায়ের মৃত্যুর পর আমি সেই ভাবে আর পড়াশোনায় মন দিতে পারিনি।তাই খারাপ রেজাল্ট প্রত্যাশিত ছিলো।তবে তোর তো এমন হওয়ার কথা ছিলো না !! শুনেছিলাম খুব কান্না কাটি করেছিলিস নেট থেকে জানতে পেরে। আমিও বিশ্বাস করতে পারিনি । আমি তো কোনো কিছু হতে পারি নি ! গ্রামের মেয়েদের কিছু হওয়া চলে না ,এক মাত্র অপশন গৃহবধূ হওয়া -- সেটাই হয়েছি। আমরা কি চাই সেটা কারও জানার প্রয়োজন কখনো হয়নি আজ পর্যন্ত! তবে কেনো জানি না , তোর সাফল্যে যেনো মনে হয় ,আমার সফলতা! প্রথম যেদিন স্কুলে "নাট্যাংশ পাঠ" প্রতিযোগিতা হয়েছিলো ; সেদিন আমি বুঝে গিয়েছিলাম তোর মধ্যে এমন কিছু একটা আলাদা গুণ আছে -- যেটা তোকে সবার থেকে আলাদা করবে। তুই আর আমি পিছনে বসে গল্প করছিলাম।আমাকে তখনও তুই বলিস নি, যে তুই প্রতিযোগিতায় নাম দিয়েছিস। দিব্যি ইয়ার্কি ফাজলামো মেরেই চলেছিস।আর যারা অংশ গ্রহণ করেছে , তারা বই নিয়ে কেউ দেওয়ালের সামনে ;কেউ জানালার সামনে ভিন্ন ভিন্ন ভাবে সংলাপ বলা অভ্যাস করে চলেছে। সবাই যেমন বলার তেমনই বললো। হঠাৎ ,যখন তোর নাম টা ঘোষণা করলো ; আমি চমকে উঠলাম! তুই তখনও নির্বিকার ।শুধু বললি " একটু দাঁড়া ঘুরে আসছি স্টেজ থেকে ।এই যাবো আর নাম আর রোল নাম্বার টা বলে চলে আসবো।২ মিনিট লাগবে।কোথাও যাবি না।"

আমার তো তোর মাথায় জলের বোতল ছুঁড়ে মারতে ইচ্ছা করছিলো।তুই আমাকে সব বলিস , আর আমাকে বলতে পারলি না, তুই নাম দিয়েছিস! ভাবলাম, ফিরে আয়

তোর হচ্ছে।

২ মিনিট পরে আর ফিরে এলি না। কারণ ততক্ষনে প্রতিযোগিতার লেভেল এক ধাক্কায় অন্য পর্যায়ে পৌঁছে দিয়েছিস। একটা নাটকের যত গুলো চরিত্র ছিলো -- তার প্রতিটি কন্ঠস্বর ,আলাদা আলাদা করে এমন ভাবে উপস্থাপন করলি , যে দীপক বাবু, যিনি মার্কস দিচ্ছিলেন তিনি খাতা পত্র ফেলে দিয়ে তোকে জড়িয়ে ধরলেন ! সবার চোখে অদ্ভুত এক বিস্ময়! পুরো নাটক টা তোকে দিয়ে পাঠ করানো হলো। অদ্ভুত ভাবে লক্ষ্য করলাম তোর মধ্যে কোনো পার্থক্য নেই। সেই একটা মিষ্টি কিউট হাসি নিয়ে আমার পাশের বেঞ্চে বসে পড়লি। সবাই তোর পিঠে হাত বুলিয়ে দিচ্ছে । তোর পর আর এক দুজন প্রতিযোগী ছিলো, তারা বুঝে গিয়েছিলো যে আর প্রতিযোগিতায় অংশগ্রহণ করে কিছু হবে না! তোর আশে পাশে কেউ থাকবে না। সেদিন আর জলের বোতল টা তোর মাথায় ভাঙা হয়নি। জানি না কেনো , সেদিন রাগ অভিমান দুটোই যেনো হঠাৎ করে মিলিয়ে গেলো। বাড়িতে গিয়ে পাড়ার বন্ধুদেরকে , তোর কথা বলেছিলাম। কেনো জানি না ; তোকে নিয়ে গল্প করতে আমার ভীষণ ভালো লাগতো। পরের দিন যখন তোকে বললাম " তুই আমাকে একবার বলতে পারতিস ! "

তুই হেসে বলেছিলিস " ধুর ! এমনি নাম দিলাম। কি প্রতিযোগিতা জানিনা। কি করতে হবে তাও জানি না। তোকে আর কি বলবো। এমনি টাইম পাশ !"

সেদিন বুঝেছিলাম তোর মধ্যে সাংঘাতিক প্রতিভা আছে ।এক দিন তুই ঠিক আকাশকে ছুঁতে পারবি ! আজ ছুঁয়েছিস তোর আকাশকে। আর এক বার , আকাশ ছুঁতে পারলে আর কি মাটির দিকে চাওয়া যায়? আমি তো মাটিতেই হারিয়ে গেলাম। তোর সব সিনেমা আমি দেখি ! তোর কোনো সাক্ষাৎকার প্রকাশিত হলে ,সেগুলো আলাদা করে , পেপার কাটিং গুলো রেখে দিই।২০ বছর কম সময় নয় ! দেখা হলে চিনতে পারবি না। এক বার ডায়মন্ড হারবার তে অনুষ্ঠান করতে এসেছিলিস প্রায় ৭ বছর আগে। তোকে দেখবো বলে বাড়িতে কাউকে না বলে টিকিট কেটে, সামনের সারিতে বসে অপেক্ষা করছিলাম তোর প্রতীক্ষায় ! তুই এলি যখন ,চারি দিকে তোর নাম ধরে তোর ফ্যানেদের বিশাল উৎসাহ। একটা করে কথা বলছিস, আর পিছন থেকে তালির শব্দে পুরো হলটা যেনো ক্রিকেট স্টেডিয়ামে পরিণত হয়েছে। আমি চিৎকার করে তোকে ডাকলাম -- তুই শুনতে পেলি না। ভিড়ের মধ্যে থেকে বুঝলাম , তোর ফ্যানদের ভিড়ে, আমার চিৎকার ; তোর কাছে হয়তো আর কোনো দিন পৌঁছাবে না! তোর আলোকময় জীবন এমনই থাকুক। আরও বেশি কাজ কর। তোর জন্য আমরা সবাই গর্ব অনুভব করি। মনের অনেক কথা তোকে লিখতে ইচ্ছা করে ; কিন্তু আমার জীবন আমাকে আর কিছু লিখতে দিতে চায় না। তুই যেমন আলোর স্রোতে ভেসে গিয়েছিস ; আমি ডুবে গিয়েছি গভীর অন্ধকারে !! আলো আর অন্ধকার মুখোমুখি কি হতে পারে কখনও?? বোধ হয় সম্ভব নয়। ভালো থাকিস , যেখানে থাকিস। তোর নতুন ছবির অপেক্ষায় রইলাম ...

ইতি
তোর স্কুলের বন্ধু,
সোমলতা।

www.ingramcontent.com/pod-product-compliance
Ingram Content Group UK Ltd.
Pitfield, Milton Keynes, MK11 3LW, UK
UKHW042106021026
15589UKWH00001B/218